AF496066

# Le Cœur et la Loi

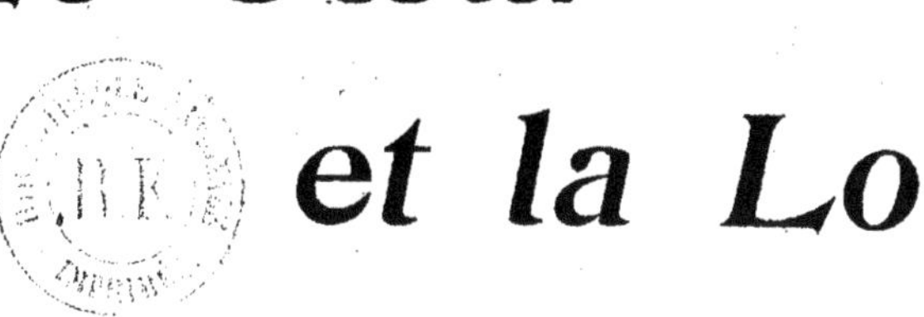

===== COMÉDIE EN TROIS ACTES DE =====

## PAUL ET VICTOR MARGUERITTE

RÉPRÉSENTÉE POUR LA PREMIÈRE FOIS

**AU THÉATRE NATIONAL DE L'ODÉON**

*Le 6 Octobre 1905*

**J. RUEFF, Éditeur**

**6 et 8, rue du Louvre ⌀ Paris**

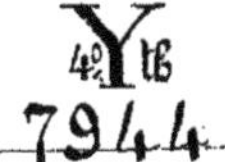

# PERSONNAGES

Mme Favié..............................................

Francine Le Hagre......................................

Mme Maubrée, puis Lafage..............................

Josette, fille de Francine.............................

Nanon, vieille servante...............................

Le Hagre...............................................

Éparvié................................................

Marchal................................................

Herbelot, avoué de Francine...........................

Morot-Le Hagre, conseiller à la Cour de Cassation......

Trassier, Président du Tribunal........................

Tartre, avoué de Le Hagre.............................

M. Maubrée............................................

Premier Avocat........................................

Deuxième Avocat.......................................

Troisième Avocat......................................

Un Client.............................................

Un Monsieur...........................................

Un Avoué..............................................

Premier Huissier......................................

L'Avoué de Mme Maubrée................................

L'Avoué de M. Maubrée.................................

*Huissiers, Femme de chambre, etc...*

De nos jours.

*Décors :* 1ᵉʳ acte, Une salle d'attente au Palais de Justice. — 2ᵉ et 3ᵉ acte, Un salon à Paris, chez Mme Favié.

# Le Cœur et la Loi

PIÈCE EN 3 ACTES

# PERSONNAGES

Mme Favié.....................................................
Francine Le Hagre.............................................
Mme Maubrée, puis Lafage......................................
Josette, fille de Francine....................................
Nanon, vieille servante.......................................
Le Hagre......................................................
Éparvié.......................................................
Marchal.......................................................
Herbelot, avoué de Francine...................................
Morot-Le Hagre, conseiller à la Cour de Cassation.............
Trassier, Président du Tribunal...............................
Tartre, avoué de Le Hagre.....................................
M. Maubrée....................................................
Premier Avocat................................................
Deuxième Avocat...............................................
Troisième Avocat..............................................
Un Client.....................................................
Un Monsieur...................................................
Un Avoué......................................................
Premier Huissier..............................................
L'Avoué de Mme Maubrée........................................
L'Avoué de M. Maubrée.........................................

*Huissiers, Femme de chambre, etc...*

De nos jours.

*Décors :* 1er acte, Une salle d'attente au Palais de Justice. — 2e et 3e acte, Un salon à Paris, chez Mme Favié.

# Le Cœur et la Loi

## ACTE PREMIER

*Au Palais de justice. Salle d'attente tendue de papier rayé, vert sur vert. Meuble d'acajou et moleskine. Grands bureaux d'huissiers. Au fond, fenêtres sur le quai. A gauche, porte du cabinet de M. le Président du Tribunal civil. Fausse porte de cuir vert. A droite, double porte battante, menant à la Salle des Pas Perdus, dont on entend par instants le brouhaha. Huissiers protecteurs et gourmés. Différents groupes. Ils vont, viennent, attendent.*

### SCÈNE PREMIÈRE

PREMIER AVOCAT. — Vous savez la nouvelle ?... Duvernois.

DEUXIÈME. — Arrêté ?

PREMIER. — Décoré.

DEUXIÈME. — Pas flatteur pour l'ordre.

PREMIER. — Des avocats ?

DEUXIÈME. — Ni pour l'autre.

PREMIER. — Bah ! dans le nombre...

DEUXIÈME. — La Légion !... Tout de même... Chevalier ! A quel titre ?

PREMIER. — L'industrie.

DEUXIÈME. — Joli. (A un troisième qui arrive.) Eh bien, vous savez ?... Duvernois...

PREMIER. — Le ruban !...

TROISIÈME. — En attendant la corde.

*(Ils rient et continuent à voix basse.)*

### SCÈNE II

LES MÊMES, UN AVOUÉ et SON CLIENT, M<sup>me</sup> MAUBRÉE, SON AVOUÉ, puis M. MAUBRÉE et SON AVOUÉ.

*(Un avoué passe avec son client.)*

L'AVOUÉ (avec une moue). — L'affaire est extrêmement obscure.

LE CLIENT. — Il doit y avoir un moyen ?

L'AVOUÉ (haussant l'épaule). — Eclairer les juges...

L'AVOUÉ DE M<sup>me</sup> MAUBRÉE (à un huissier). — Monsieur le Président ?

L'HUISSIER. — Pas encore là.

L'AVOUÉ (revenant à Mme Maubrée). — Vous aurez tout le temps de vous entendre avec M. Maubrée.

M<sup>me</sup> MAUBRÉE. — Le voici.

*(Ils se saluent poliment. Les avoués se serrent la main.)*

L'AVOUÉ DU MARI (coup de toque à Mme Maubrée). — Nous sommes bien d'accord ?... Refus formel de réintégrer le domicile conjugal...

L'AVOUÉ DE LA FEMME (au mari). — Vous, des regards de haine... Quelques bonnes paroles bien dures !.

L'AVOUÉ DU MARI (à la femme). — L'affaire sera enlevée...

L'AVOUÉ DE LA FEMME (au mari). — Divorcés dans trois semaines !...

*(M. et Mme Maubrée manifestent leur joie.)*

M<sup>me</sup> MAUBRÉE. — Mais c'est très amusant de divorcer !... Plus que de se marier !... Et plus facile !... Quelle excellente loi !... Et si commode.

L'AVOUÉ. — Oui... à condition qu'on soit accommodants !... Comme nous... autrement !... Les lois, voyez-vous, ce sont d'honnêtes dames, très susceptibles... Il faut savoir...

M<sup>me</sup> MAUBRÉE. — S'y prendre...

L'AVOUÉ. — Les prendre !...

M<sup>me</sup> MAUBRÉE. — Fi donc !

L'AVOUÉ. — Eh ! oui, délicatement... dans leurs dessous.

M<sup>me</sup> MAUBRÉE (éclatant de rire). — Etes-vous drôle !... Et l'on dit que les hommes de loi sont ennuyeux ! Mais votre Palais de Justice, ça ressemble...

M. MAUBRÉE. — Au Palais-Royal !

L'AVOUÉ DE M. MAUBRÉE. — Pas toujours.

L'AVOUÉ DE M<sup>me</sup> MAUBRÉE. — La dernière salle où l'on rit.

*(Entrent Le Hagre et Tartre. Echange de saluts avec les Maubrée et les avoués des Maubrée.)*

### SCÈNE III

LES MÊMES, LE HAGRE (*joli garçon, distinction
étudiée, air chafouin*), TARTRE (*long, sec,
visage jaune et gâté*).

L'Avoué de M. Maubrée. — Bonjour, Tartre.

L'Avoué de Mme Maubrée. — Vous connaissez
M. Le Hagre?

Mme Maubrée. — Beaucoup. Un vilain monsieur!... Et moi, je ne suis pas sévère!... Si vilain
qu'à la place de sa femme...

L'Avoué de Mme Maubrée. — Une cause pari-
sienne!... Il y a des Le Hagre partout, à la Cour
de Cassation, au Sénat.

L'Avoué du mari. — En voilà un qui est moins
coulant que votre mari...

Mme Maubrée. — Il a pourtant tous les torts!...

L'Avoué. — Raison de plus!

(*Ils gagnent un coin de la scène.*)

Tartre. — Résumons-nous, mon cher Le Hagre. C'est de l'entrevue en conciliation, de l'attitude du mari et de la femme que dépend le plus
souvent la suite d'un procès, l'opinion du Président. Il est déjà bien disposé... Ton cousin le
conseiller?...

Le Hagre. — M'a promis de lui parler.

Tartre. — Bon, cela!

Le Hagre. — Et mon oncle le sénateur l'a vu
hier.

Tartre. — L'ancien ministre? Parfait... Oh!
Trassier est un homme impartial... Mais un mot
jeté à propos... sans avoir l'air... La magistrature
est chatouilleuse... Il faut un certain doigté!...
Avec cela, très vif, Trassier, ayant volontiers
des... préventions. Tout puissant sur l'esprit des
juges, il déboutera s'il veut.

Le Hagre (*soupirant*). — Dieu t'entende!

Tartre (*le regardant étonné*). — Dieu?... ça,
c'est un peu fort! Il n'y a qu'un pratiquant comme
toi pour mettre Dieu à de pareilles sauces!

Le Hagre. — Un bon chrétien ne doute jamais
de sa miséricorde.

Tartre. — Oui... A tout péché... Alors... là!
dans le blanc des yeux... ce n'est plus l'avoué,
c'est l'ami qui parle... Ta femme?... Tu l'aime-
rais encore?

Le Hagre (*sans conviction*). — Souhaiterais-je,
sans cela, de ne pas la perdre?

Tartre. — Elle?... J'aurais cru que c'était plutôt...

Le Hagre. — Sa fortune?... (*Se rattrapant.*) Et
quand cela serait?... Est-ce que tout ne me crée
pas le droit, le devoir de la garder!... Pour notre
fille... pour Josette!... (*Avec détachement.*) Cette
pauvre petite!...

Tartre.    Quel âge a-t-elle?

Le Hagre. — Six ans... Une innocente...

Tartre. — J'aurais cru qu'après toutes tes...
infidélités....

Le Hagre. — Que celui qui n'a jamais trompé
sa femme me jette la première pierre!... Toi-
même?...

Tartre (*se défendant faiblement*). — Mais...

Le Hagre. — Tu vois!... Un mari peut très

bien aimer, adorer sa femme... et sans y attacher
d'importance, sans penser à mal... La chair est
faible!... C'est un Père de l'Eglise qui l'a dit...
Une tentation, une minute d'oubli...

Tartre. — Mais il y avait plus d'un an qu'avec
Anna...

Le Hagre. — Que veux-tu? Elle était là, sous
la main... Oh! je me suis combattu... Je la trou-
vais toujours dans les jupes de ma fille, celle-là!...
J'ai voulu la faire partir, d'abord... Et puis,...
une gouvernante, ça ne tire pas à conséquence,
n'est-ce pas?... Après tout, c'est ma femme qui a
exigé qu'elle restât près de Josette... Et l'on
n'aurait rien su, jamais, sans cette malheureuse
idée que j'ai eue, un soir... Pincé! Au bout de
quinze mois! C'est vraiment trop bête.

Tartre. — Oh! Ce n'est pas cette surprise qui
m'inquiète le plus... On peut expliquer ça, à la
rigueur : tu as vu de la lumière, à une heure insolite, dans l'appartement de Josette...

Le Hagre. — Je suis entré... et...

Tartre. — Et ta femme derrière toi! Elle te
trouve penché près du lit de ta maitresse... dé-
braillée.

Le Hagre. — Un peu!...

Tartre. — Beaucoup... Là-dessus, les hauts
cris... Anna, rajustée, nie. Tu protestes : « Eh!
quoi! dans la chambre de ma fille!... » Attitude
excellente. Somme toute, le délit manque. Fla-
grant peut-être, mais pas de délit! Et pas de
témoins. Rien que ta femme... *Testis unus, testis
nullus.*

Le Hagre (*maussade*). — Il y a les lettres...

Tartre. — Trouvées dans ton secrétaire.

Le Hagre. — Dis filoutées.

Tartre. — Et les lettres, dame! des poulets...

Le Hagre. — Tendres...

Tartre. — Crus!... Ah! ces Allemandes!...
Quel sentiment! Quel... Je ne suis pas bégueule,
non. Mais je dois avouer... Enfin, cela peut dis-
traire les juges... Quel malheur qu' Duvernois
n'aie pas de son côté à lire quelques bons billets
doux, bien compromettants, de Mme Le Hagre.

Le Hagre (*passant la main sur son front*). —
Tu es bon, toi! Merci. Ma femme est vertueuse.

Tartre. — Tant pis!... Maudite correspon-
dance! Ah! si Mme Le Hagre partageait tes sentiments...

Le Hagre. — Eh bien?

Tartre. — Si elle t'aimait encore...

Le Hagre. — Rien à faire! Elle me déteste!
Et c'est pour cela que je veux la garder, corps et
bien, toujours... Qu'elle reste là, à me haïr si
elle veut, à souffrir, mais liée à moi, liée à son
foyer par la loi, de force... Que je reste le maître!
Que je puisse briser ce caractère indomptable, le
réduire à merci, l'avoir là, sous mes pieds...
Comme je me vengerais de l'humiliation qu'elle
m'inflige... de la situation ridicule où ce procès
me met... Mes relations! Quelle figure est-ce que
je fais? Divorcer! Ah! Ah! nous y voilà bien!...
Le divorce?... Comme si, avec mes principes...
Qu'est-ce que c'est que ça d'abord, le divorce?
Est-ce que l'Eglise le reconnaît? Non!...
Alors?... J'ai de la religion, moi! Quand on se

marie, c'est pour toujours. Le mariage est une
affaire sérieuse... Ce serait trop commode de pouvoir s'en aller comme ça... Quand il y a des capi-
taux, des intérêts engagés !... On a beau être
mariés sous le régime dotal, — une idée de ma
belle-mère, ça ! — Je suis le chef de la communauté, n'est-ce pas ? J'ai des vues financières : un
placement... fructueux... une exploitation en
grand de cité ouvrière... j'ai besoin de sa signature, de sa dot !... Et elle aurait le droit de partir, d'emporter l'argent de l'association, son...
notre... mon argent !... C'est du vol. Je n'y con-
sentirai pas. Je l'empêcherai de gaspiller sa fortune !... Je remplis un devoir. J'agis en bon père
de famille !

TARTRE (*ironie voilée*). — Tu penses à Josette ?

LE HAGRE. — Parfaitement...

TARTRE. — Je suis tranquille, tu sauras très
bien parler au Président.

LE HAGRE. — Je laisserai parler mon cœur.

TARTRE. — Oui... Quatre heures !... Nous
avons encore le temps de faire un tour...

*(Ils descendent vers le fond de la scène. En-
trent Francine Le Hagre et Mme Favié.)*

---

### SCÈNE IV

#### LES MÊMES, FRANCINE, Mme FAVIÉ.

FRANCINE. — Je ne vois pas Marchal.

Mme FAVIÉ. — Il devait être ici.

*(Dans le groupe des avocats :)*

LE PREMIER. — Dites donc, c'est Mme Le
Hagre ! Rudement bien faite.

LE SECOND. — Duvernois aura de quoi mordre.

LE TROISIÈME (*se frottant les mains*). — Une
audience où l'on ne s'embêtera pas... (*Montrant
Mme Favié.*) Et l'autre ?

LE PREMIER. — La mère ? Comtesse...

LE TROISIÈME. — Favié ! Celle à qui son mari,
feu le sportman, en a fait voir...

LE SECOND. — Toque rouge, casaque bleue,
manches vertes ?

LE TROISIÈME. — De toutes les couleurs !...
Des gens qui ont le sac.

LE SECOND. — Une providence, quoi !

LE TROISIÈME. — Dame, mon cher, si l'on
n'avait que l'Assistance judiciaire pour vivre.

*(Rires.)*

*(Tartre et Le Hagre, remontant, aperçoivent
Francine et Mme Favié qu'ils saluent. Les deux
femmes se détournent.)*

LE HAGRE. — Pas polies.

TARTRE. — Elle a l'air plutôt tendue...

LE HAGRE. — Je crains que l'entrevue ne soit...
pénible. Si je lui parlais d'abord...

TARTRE. — Après !... Pas de scandale ! Il sera
temps, plus tard.

LE HAGRE. — Elle est bien jolie !

*(Il sort sur les instances de Tartre.)*

### SCÈNE V

#### FRANCINE, Mme FAVIÉ.

*(Va-et-vient de gens.)*

Mme FAVIÉ. — Tu as vu ?

FRANCINE. — Oui, j'ai cru qu'il allait avoir
l'audace de m'aborder... ici !... au milieu de tout
ce monde... Après ce qu'il m'a fait... Oh !
mère !

Mme FAVIÉ (*hochant la tête*). — Pauvre petite !
Tu le détestes donc bien... C'est curieux, il avait
en effet l'air de quelqu'un qui voudrait s'excuser,
et qui n'ose. Je suis sûre qu'il t'aime encore,
lui.. Il doit compter sur cette entrevue... Il sem-
blait désireux de faire le premier pas...

FRANCINE. — Pourquoi ?... Tu cherches à
m'ébranler, quand j'ai besoin de toute ma force...
quand je vais avoir à me défendre contre lui,
devant le juge...

Mme FAVIÉ. — Quelle tristesse de mêler ces in-
différents à tes souffrances !...

FRANCINE. — Il le faut !

Mme FAVIÉ. — Crier au premier venu toute ta
misère !... Ce juge ! Voilà un homme que tu ne
connais pas, qui ne connaît rien de ta vie, et qui
va en décider ! Il peut, s'il veut, te dire de re-
passer, t'enlever Josette, la confier même à son
père...

FRANCINE. — Ça !

Mme FAVIÉ. — Et tu n'es qu'au début, ma chérie... Ah ! si tu voulais...

FRANCINE. — Qu'est-ce que tu veux dire ?...
Oh ! je sais bien !... Mère, je t'en prie, n'ajoute
pas à mes souffrances la peine de te résister.

Mme FAVIÉ (*avec vivacité*). — C'est vrai. Je ne
me résigne pas. Ton nom sur toutes les bouches...
Les commérages, les calomnies... Ah ! Francine,
pour toi, pour Josette, il est temps encore ! Si tu
renonçais à cet affreux divorce !...

FRANCINE. — C'est toi qui me conseilles cela ?...
Après la dernière trahison, sous mon toit, auprès
du lit de ma fille... Après toutes les tromperies
que j'ai endurées, que j'ai tues... Et tu sais tout !...
le vrai visage de ce Tartuffe, sous son masque
d'onction bigote, de correction fausse ! Tu sais à
quoi il se cramponne, par quelle chaîne il veut
me river à mon bagne ! L'argent, mon argent,
ma dot !... C'est à cela, à cela seul qu'il tient, si
âprement. Voilà ce qu'il refuse de lâcher.

Mme FAVIÉ. — Je ne le défends pas. Je ne l'ai
jamais aimé. Car enfin, tu me rendras cette justice, ce mariage, si quelqu'un l'a voulu...

FRANCINE. — Est-ce ma faute ?... J'ignorais tout
de la vie, des hommes ! Eux-mêmes dissimulent...
Ils sont les premiers à tout cacher, alors... ils
se rattrapent !... Comme il a su jouer son rôle,
trouver les mots qu'il fallait... J'ai pris ses iro-
nies pour de l'esprit, sa réserve pour du cœur.
Quand on aime, ou quand on croit aimer les gens,
on les refait à son image, on leur prête sa façon
de penser, de sentir...

Mme FAVIÉ. — Les renseignements étaient
bons...

FRANCINE. — Naturellement ! Marier d'abord, c'est la grande affaire. Qu'on soit heureux après, si l'on peut... Comme tu hésitais, je me suis entêtée. Et comme il y avait du chagrin à te faire, mon père est venu à la rescousse. Je me suis trompée. Je le paye. Dois-je le payer toute ma vie ?

M<sup>me</sup> FAVIÉ. — Le plus coupable peut se racheter, s'amender... Avec le temps, qui apaise tout...

FRANCINE. — A un certain point de gangrène, les plaies ne se guérissent plus. Depuis un an, je me suis reprise, chaque jour davantage, séparée d'âme, séparée de corps... C'est fini. Je ne peux plus !... Comment veux-tu ?... Ah ! Ce servage dégradant qu'est la soumission sans l'amour !... N'avoir à soi ni sa chair, ni sa pensée !... Etre pourchassée jusque dans sa conscience !... Car si je l'avais écouté, tu sais bien, j'aurais fait comme lui !... Je serais tombée à la pire des hypocrisies, à ce sacrilège qu'est la pratique de la religion sans la foi !... Mais penses donc, l'antagonisme de tous les sentiments, le heurt de toutes les idées, chaque regard qui blesse, chaque mot qui insulte !... Quand on en est là, quand le visage de votre compagnon de chaîne, son pas, son silence même vous font horreur, rien ni personne ni peuvent rien. Un désaccord pareil tient à l'essence des êtres. Il est plus fort que tout. Il vous fait crier à la délivrance ou à la mort.

M<sup>me</sup> FAVIÉ. — Ah ! si j'avais jadis raisonné de la sorte... Humiliée, trompée, quittée... Quelle fatalité veut donc que je voie tes souffrances renaître des miennes ? J'assiste, impuissante, au recommencement de ma vie !... Je me suis sacrifiée, Francine. J'ai pensé à toi, pense à Josette.

FRANCINE. — C'est parce que tu t'es sacrifiée pour rien, toute ta vie, que je ne veux pas t'imiter. Tu as pensé à moi, c'est vrai... Mais en quoi, si tu avais préféré être libre, heureuse, m'aurais-tu, enfant, moins soutenue et chérie ?... Mon père ? As-tu pu m'apprendre, quand même, à l'aimer, à l'estimer ? Est-ce que ces choses-là s'apprennent de force ?... Alors ?...

M<sup>me</sup> FAVIÉ. — On peut s'immoler à une idée.

FRANCINE. — Pourvu qu'elle en vaille la peine !... Je vois trop ce que j'immolerais, moi, Josette, le présent, l'avenir... Je ne vois pas à qui ni à quoi... Les convenances, le qu'en dira-t-on ?... Non, vraiment !

M<sup>me</sup> FAVIÉ. — Tu ne comptes pour rien l'opinion du monde !

FRANCINE. — Un certain monde, tout au plus.

M<sup>me</sup> FAVIÉ. — C'est l'élite.

FRANCINE. — On sait ce qu'elle vaut... Des hommes de plaisir, que le divorce gêne... Il faudrait réparer !... Des hommes d'argent... Des maris contents de leur sort, des femmes heureuses en ménage, à deux ou à trois !... Tous les satisfaits qui se moquent pas mal qu'on souffre, tous les résignés qui ne veulent pas qu'on se délivre... Quelques convaincus, je te l'accorde, qui mettent comme toi les raisons du cœur avant la raison... Va, va, l'élite n'en croquera pas un petit four de moins à nos thés de cinq heures...

M<sup>me</sup> FAVIÉ. — Mais ce que Dieu a uni, devant les hommes... La sainteté d'un lien indissoluble...

FRANCINE. — Indissoluble ?... Voyons, tu reçois tous les jours Mme de Vercenne... Elle est pourtant divorcée aussi, celle-là !... Tu me diras que c'est en Cour de Rome.

M<sup>me</sup> FAVIÉ. — Ce n'est pas le divorce, c'est l'annulation.

FRANCINE. — C'est beau, les nuances !

M<sup>me</sup> FAVIÉ. — Il n'y a plus moyen de raisonner... Tu avais une croyance, autrefois.

FRANCINE. — J'ai des convictions, aujourd'hui.

---

## SCÈNE VI

LES MÊMES, MARCHAL, *élégant, vieux, l'air fin et bon.*
*(Il entre sans que les deux femmes l'entendent.)*

MARCHAL. — Je vous y prends !

M<sup>me</sup> FAVIÉ. — Ah ! Voilà Marchal !

*(Il leur serre la main.)*

MARCHAL. — Vous discutiez encore ?

M<sup>me</sup> FAVIÉ. — Toujours.

MARCHAL. — La manœuvre de la dernière heure ?

M<sup>me</sup> FAVIÉ (*tristement*). — Elle a échoué.

FRANCINE. — Mais dites-lui donc, vous qui êtes un jurisconsulte, et fameux, qu'il n'y a que le divorce de sage, de logique, de propre.

MARCHAL. — Francine a raison. Il ne s'agit plus de discuter si le divorce est un bien ou un mal. Nous sommes en face de patients qui souffrent. Le divorce n'est ni un bien, ni un mal, c'est un remède. Le seul remède, ici. Oh ! parbleu, avec d'autres... il y aurait eu le replâtrage pour façade, un compromis... bien parisien... Monsieur et sa maîtresse, Madame et son...

M<sup>me</sup> FAVIÉ. — On peut se séparer sans procès !

MARCHAL. — Si le mari veut.

M<sup>me</sup> FAVIÉ. — Mais la séparation judiciaire ?

MARCHAL. — Rien n'est plus immoral, cela devrait être rayé de la loi.

M<sup>me</sup> FAVIÉ. — Comment ?

MARCHAL. — Ce n'est que le mariage relâché. Le foyer est détruit, l'esclavage subsiste. Francine ne pourrait se remarier qu'une fois veuve.

M<sup>me</sup> FAVIÉ. — Elle ne pense pas à se remarier.

MARCHAL. — Vous répondez pour elle. Est-ce vrai ? Tant pis !... Quoi, à vingt-huit ans ? N'aimera-t-elle plus ? Serait-ce bon, juste ?... Or, la séparation ne laisse pas le choix,... ou l'isolement contre nature, ou, — on peut le blâmer, mais il faut l'admettre, — toutes les tristesses de l'union clandestine possible...

M<sup>me</sup> FAVIÉ (*révoltée*). — Oh !

MARCHAL. — Les vengeances du mari, les rigueurs de la loi !... L'enfant naît-il ? C'est le désaveu, la honte. Pauvre être adultérin, paria futur !... Comme si une naissance, l'éclosion d'un être à la lumière pouvaient jamais être un crime !... La séparation de corps ?... Mais elle ne profiterait qu'à Le Hagre, toujours libre de vous disputer, de vous arracher Josette. Non, chère amie, seul le divorce est franc. Il ne fait pas de sentiment hors de propos, pas plus que le couteau du chirurgien. Il coupe, et les membres sains peuvent revivre !

M<sup>me</sup> FAVIÉ. — Vous n'oubliez que l'enfant !... Josette souffrira toujours.

MARCHAL. — Mais songez à l'empoisonnement, à l'asphyxie d'un foyer de haine. Songez à cette petite qui grandirait, témoin de la scélératesse de son père et du désespoir de sa mère, mêlée aux scènes, aux injures, aux coups peut-être...

M<sup>me</sup> FAVIÉ. — C'est monstrueux !

MARCHAL. — Pouvez-vous l'empêcher ?... Pouvez-vous faire que le ménage de votre fille soit désormais autre chose qu'un enfer ?... (*Aveu impuissant de Mme Favié.*) Vous voyez bien ! Mieux vaut que Josette se rattache à sa mère qui l'aime, que de continuer à vivre entre des êtres qui se détestent, et de finir par haïr l'un, ou mépriser les deux.

M<sup>me</sup> FAVIÉ. — Tant que son père sera vivant, il conservera ses droits.

FRANCINE. — Des droits !... Est-ce qu'il peut y avoir des droits sans devoirs ?... Sa fille !... Mais il ne l'aime pas ! Et tu le sais bien !... Est-ce qu'il y a de l'amour sans dévouement ?... Quand a-t-il souffert pour elle ? Quand s'est-il imposé une privation ? abstenu seulement d'un mot méchant, d'un outrage ?... Quand s'est-il respecté, pour qu'on le respecte ?... Ah ! les phrases toutes faites ! Mais éloigner ma fille de cet homme, c'est le salut ! Puisqu'il ne vient de lui que les pires exemples... Avec nous, entre toi et moi, Josette s'épanouira, elle sera heureuse. Tu vois bien ! M. Marchal le dit. Le divorce, pour Josette même.

MARCHAL. — Pour Josette, d'abord. Et pour vous... L'enfant ! Mot émouvant entre tous ! Ne soyez pourtant pas dupe d'un mirage. L'enfant grandit, se fait une vie à son tour. L'enfant se marie, l'enfant se détache et s'éloigne... Vous resterez seule, avec les tentations de l'ennui et l'angoisse de la solitude...

M<sup>me</sup> FAVIÉ (*fièrement*). — J'ai connu cela.

MARCHAL. — La belle avance !... Et maintenant, ma petite Francine, un conseil. Le président Trassier est l'homme du premier mouvement. Votre sort est dans ses mains, soyez gentille... Laissez-vous aller à votre charme naturel, à votre grâce, touchante... Qu'on ne vous sente pas de suite nerveuse, rebelle... Un juge est un homme. Il faut souvent peu de chose... (*Geste de Francine.*) Je vous choque ? C'est pour votre bien.

FRANCINE. — Je sais... Mais c'est précisément de ma faiblesse que je souffre. En usant de ces moyens... féminins, il me semble que je me ravalerais encore...

MARCHAL. — Ame fière !... Ah ! Si toutes vous ressemblaient !... Tenez, justement !... Voilà Trassier... Diable ! Il est avec le cousin Morot-Le Hagre... N'ayons pas l'air...

(*Ils s'écartent. Mme Maubrée s'approche de Mme Favié et de Francine et les salue. Ils causent. Entre Trassier, gros, gras, blême, œil froid et futé. Il cause avec Morot-Le Hagre.*)

---

## SCÈNE VII

TRASSIER. — Ah ! Vous savez... On vous a dit...

MOROT-LE HAGRE. — Oui, oui... votre candidature... toute la Cour de Cassation se réjouirait, soyez-en sûr... et moi le premier...

TRASSIER. — Je croyais que... vous-même...

MOROT-LE HAGRE. — Oh ! moi, je suis à l'âge de la retraite... Et d'ailleurs, du moment que vous vous présenteriez...

TRASSIER. — Je ne voudrais pas...

MOROT-LE HAGRE. — Comment donc !... Président de Chambre... avec vos titres... Mais ce serait un devoir, dans un cas pareil, de s'effacer... Je le ferais de bon cœur...

TRASSIER. — Cher ami, je n'oublierai jamais, croyez-le...

MOROT-LE HAGRE. — Je vous en prie. Vous m'offenseriez... Au revoir. Vous avez du monde aujourd'hui... De jolies femmes... Eh ! Mais ! j'aperçois ma fameuse cousine...

TRASSIER (*clignant du côté de Mme Maubrée et favorablement impressionné*). — Celle-ci ?

MOROT-LE HAGRE. — Non, l'autre... la mine revêche...

TRASSIER. — En effet. Pas l'air commode.

MOROT-LE HAGRE (*les yeux au ciel*). — Mon pauvre cousin en sait quelque chose !... Quelle comédie ! Cela pourrait s'appeler : La mégère non apprivoisée... (*Ils rient.*) Allons, au revoir.

TRASSIER. — A bientôt.

(*Il entre dans son cabinet. L'huissier, cassé en deux, referme la porte. Pendant ce temps Le Hagre revient. Morot-Le Hagre serre la main de son cousin au passage. Sonnerie. L'huissier entre dans le cabinet du président.*)

MOROT-LE HAGRE. — C'est fait. Bonne chance.

(*Il sort avec Le Hagre. Revient l'huissier qui appelle : « Monsieur et Madame Maubrée ! » Ils entrent dans le cabinet du président, sur un galant : « Faites donc » de son mari. Tartre parle à l'huissier.*)

L'HUISSIER (*protecteur*). — C'est à vous, ensuite.

---

## SCÈNE VIII

M<sup>me</sup> FAVIÉ. — Et ton avoué qui n'est pas là !

MARCHAL. — Herbelot n'est jamais pressé !

FRANCINE. — Le voilà.

HERBELOT (*à Francine*). — Mes respects, madame. Il est l'heure.

FRANCINE. — Je suis prête.

HERBELOT. — Vous êtes calme ? Vous vous souvenez ?... Pas d'éclat, pas de violence inutile...

FRANCINE. — Je tâcherai.

HERBELOT. — J'ai croisé votre mari, il a l'air de répéter son rôle : il est innocent, il vous aime. Vous êtes jalouse, égarée par d'injustes soupçons... Ne vous étonnez pas s'il dit cela au président. Le coup de la réconciliation ! Ce serait assez malin.

FRANCINE. — Il n'aurait pas cet aplomb !

HERBELOT. — Eh ! Madame, tout est de bonne guerre.

FRANCINE. — Il y a des moyens qu'on n'emploie pas !

HERBELOT (soupirant). — Oui, vous êtes lo-ya-le. Mais votre mari va-t-il se soucier de l'être loyal ? Un divorce n'est pas un concours de loyauté. Qui veut la fin, veut les moyens.

FRANCINE. — La vérité, d'abord !

HERBELOT. — Mais combien y en a-t-il, de vérités ? Demandez à M. Marchal. La vôtre, celle de votre mari, celle de mon confrère Tartre, la mienne...

MARCHAL (philosophiquement). — Celle des avocats, des assesseurs, du substitut...

HERBELOT. — Et, ne l'oublions pas, celle du président, puisqu'en réalité, c'est la seule qui compte ! La vérité, mais elle n'est pas une, elle est... à facettes. Tenez, votre cause...

FRANCINE. — Eh bien ?

HERBELOT. — Je n'ai si bon espoir que parce que je sais le parti que nous allons tirer... Oui, la mettre en lumière, rassembler les faits, dégager leur physionomie, combiner les effets de plaidoirie... Votre cause, mais quand nous l'aurons bien repétrie, Me Coudray et moi, quand elle aura repris sa vraie forme, vous-même, madame, ne la reconnaîtrez plus.

FRANCINE. — Si la vérité vous laisse sceptique, vous ne doutez pas de la Justice ? Il n'y en a qu'une, j'espère ?

HERBELOT. — Une à la fois, certainement. Celle des premiers juges ; puis celle des juges d'appel... Celles de la Chambre des Requêtes... de la Chambre Civile... Parfois celle d'une nouvelle Cour d'Appel. Toutes ces justices se contredisent et l'une casse l'autre. Mais, en fin de compte, vous dites bien : il n'y en a qu'une ; celle qui prend force de chose jugée, et devant laquelle tout le monde s'incline, parce qu'il faut bien en finir !

Mme FAVIÉ. — Jolie raison !

HERBELOT. — Voyez-vous, chère madame, rien n'égale, pour sa certitude et son évidence, un beau jugement ou un arrêt définitif. Définitif ! Quel mot ! En ce monde où rien ne l'est, ni les opinions, ni les systèmes, ni les gouvernements ! Un jugement ou un arrêt définitif, fût-il mal fondé en droit, inexact en fait, absurde en ses conséquences, devient, par cela seul qu'il est prononcé, immuable. Et pour le faire exécuter, toute la machine sociale entre en branle : huissiers, parquets, commissaire de police, gendarmerie ! Vous ne trouverez cela nulle part qu'au Palais et, il faut bien le dire, c'est admirable.

(Entrée de Le Hagre et de Tartre. Ils vont s'asseoir au fond.)

FRANCINE. — Et avez-vous vu souvent la Justice injuste ?

HERBELOT. — C'est selon. Une loterie n'est jamais injuste. La roue tourne... Vous venez de prendre un billet. Le tout est d'être tombée sur le bon.

FRANCINE. — Bravo ! Et si je suis tombée sur un mauvais ?

HERBELOT. — Rien n'est perdu. Les médisants prétendent que tout procès peut être parié à pile ou à face, et qu'il vaut encore mieux avoir une mauvaise cause qu'une bonne, la mauvaise offrant toujours une chance de gagner, et la bonne plusieurs de perdre.

FRANCINE. — Je ne me ferai jamais à votre philosophie.

HERBELOT. — Vous aurez gagné avant.

(Sonnerie. M. et Mme Maubrée sortent.)

L'HUISSIER (au seuil du cabinet). — Monsieur et madame Le Hagre.

(Le Hagre se précipite vers le fond, Francine également, elle passe devant le Hagre qui s'incline.)

Mme FAVIÉ. — Courage !

(Le Hagre suit Francine avec un mauvais regard. Herbelot et Tartre vont aussitôt l'un au-devant de l'autre, se serrant cordialement la main, et sortent en se tenant par le bras.)

------

## SCÈNE IX

LES AVOUÉS DES MAUBRÉE, les entourant.

L'AVOUÉ DE M. MAUBRÉE. — Vous êtes content ?

M. MAUBRÉE. — Enchanté !

L'AUTRE AVOUÉ. — Tout s'est bien passé ?

Mme MAUBRÉE. — A merveille.

SON AVOUÉ. — Autorisation d'ester ?... Pension convenue ?...

Mme MAUBRÉE. — Réglé... comme des petits pâtés !

LE PREMIER AVOUÉ (à Mme Maubrée). — Quelques injures ?...

Mme MAUBRÉE (se tournant vers son mari). — Pleines de tact !

M. MAUBRÉE. — Nous nous sommes traités de canailles.

L'AUTRE AVOUÉ. — Ce n'est plus maintenant qu'une formalité.

(Ils sortent.)

## SCÈNE X

### MARCHAL et M<sup>me</sup> FAVIÉ.

*(M<sup>me</sup> Favié, durant toute cette scène, consulte du regard la porte de M. Trassier. Son impatience et sa fébrilité croissent peu à peu.)*

M<sup>me</sup> FAVIÉ. — En voilà qui n'ont pas l'air de le prendre au tragique. Pauvre Francine !... C'est plus fort que moi, quand j'ai revu mon gendre, j'ai eu la gorge serrée... C'est ma faute, je n'aurais pas dû consentir à ce mariage... Quand je pense qu'à la même époque Francine m'a été demandée par un autre... Trop tard !... Qu'elle pourrait être la femme d'un autre !

MARCHAL. — Oui. Vous m'avez dit... Eparvié... Avant son premier départ pour le Soudan.

M<sup>me</sup> FAVIÉ. — Elle ne l'a jamais su.

MARCHAL. — Cela vaut mieux.

M<sup>me</sup> FAVIÉ. — Oh ! de ce côté-là, rien à craindre... Si vous croyez qu'elle songe... La leçon lui suffit. Et puis, Eparvié est loin !... Mon Dieu, qu'on a peu d'amis, quand on en a besoin... Ah ! si nous ne vous avions pas...

MARCHAL. — Je n'ai pas de mérite. Ce n'est pas une raison parce que moi aussi, un jour, j'ai vainement recherché votre main...

M<sup>me</sup> FAVIÉ *(levant le doigt)*. — Marchal !

MARCHAL. — Pour qu'aujourd'hui vous ne trouviez pas la mienne.

M<sup>me</sup> FAVIÉ. — Mon ami ! Et maintenant, vite, rassurez-moi. Je suis inquiète... *(Regard à la porte.)* Mon Dieu, qu'est-ce qu'ils peuvent bien se dire ?... Vous comprenez ! Francine a beau s'engager dans une voie que je déplore, je ne l'abandonnerai pas !... Votre affreux divorce est nécessaire ! Soit. Quand sera-t-il prononcé ?

MARCHAL. — Faut-il être franc ? J'eusse préféré que Francine patientât, qu'elle pût rassembler des griefs plus forts.

M<sup>me</sup> FAVIÉ. — Qu'est-ce qu'il vous faut ?

MARCHAL. — Oh ! moi, je suis convaincu... C'est cette diablesse de loi.

M<sup>me</sup> FAVIÉ. — Mais on dit qu'il n'y a qu'à demander le divorce, crac ! c'est comme un distributeur automatique...

MARCHAL. — Souvent détraqué, le distributeur !

M<sup>me</sup> FAVIÉ. — Je n'entends rien à vos mécaniques... Je m'en remets à la loi. La loi ! Cela doit être juste, sensé, humain, puisque c'est la loi.

MARCHAL. — Vous croyez ?... Ah ! ça vous ressemble bien !... Ce brave Herbelot ne vous a donc pas expliqué ?... Il n'aura pas soupçonné tant de candeur... Savez-vous seulement quelles sont les causes de divorce ?

M<sup>me</sup> FAVIÉ. — Quand on est la femme d'un scélérat, d'un fou ? Quand un dissentiment religieux et moral...

MARCHAL. — Comme vous y allez ! On ne divorce pas pour cela.

M<sup>me</sup> FAVIÉ. — Vous plaisantez ?

MARCHAL. — Hélas ! non... Ah ! si Le Hagre avait été condamné à une peine afflictive et infa-

mante... *(Regard étonné de M<sup>me</sup> Favié.)* Oui, s'il avait été condamné à mort, ou aux travaux forcés, ou à la déportation... à la bonne heure ! Voilà une cause obligatoire.

M<sup>me</sup> FAVIÉ. — Il n'y en a pas d'autres ?

MARCHAL. — Pardon... L'adultère.

M<sup>me</sup> FAVIÉ. — Vous voyez bien !

MARCHAL. — Oui, mais... prouvé, é-ta-bli !... Et par malheur...

M<sup>me</sup> FAVIÉ. — Mais les lettres !

MARCHAL. — Convaincantes... Pourtant... Il faut tout prévoir ! Que dirait Francine si les juges lui objectaient : « Mais madame, ces lettres, où les avez-vous prises ? — Dans le secrétaire de mon mari. — De quel droit ? Car enfin, votre mari, quelle autorité avez-vous sur lui ? Quels titres à le contrôler ?... Son secrétaire vous est interdit. S'il fouillait dans le vôtre, à la bonne heure... Ces lettres n'existent pas, nous les tenons pour non avenues. »

M<sup>me</sup> FAVIÉ. — C'est impossible !

MARCHAL. — Invraisemblable, seulement. Il y a cependant des arrêts en ce sens. Un de la Cour de Paris, entre autres... En jurisprudence, tout est possible.

M<sup>me</sup> FAVIÉ *(regard à la porte. Elle hausse les épaules)*. — Il doit y avoir d'autres causes.

MARCHAL. — Il y en a... *(Geste de M<sup>me</sup> Favié.)* Oh ! permettez ! Ici c'est l'arbitraire pur... Excès, sévices, injures graves ; la bouteille à l'encre ! Excès : les actes qui mettent la vie en danger. Rien de tel... Sévices ? Le Hagre n'a jamais battu Francine devant un ami, un domestique ?

M<sup>me</sup> FAVIÉ. — Il n'aurait plus manqué que ça !... *(Regardant la porte.)* Comme ça dure !

MARCHAL. — Oui... Reprenons : Deux chances de moins. Restent les injures graves. L'a-t-il outragée en paroles, par écrit ?... Avez-vous des faits, des témoins...

M<sup>me</sup> FAVIÉ. — Il y en a cent !

MARCHAL. — Citez m'en un.

M<sup>me</sup> FAVIÉ. — Vous me prenez au dépourvu...

MARCHAL. — C'est bien ce que je craignais.... Il en faut, pourtant ! L'avoué en trouvera... Oui, Francine se respectait trop... Son long silence lui fera tort.

M<sup>me</sup> FAVIÉ. — Comment ?

MARCHAL. — Il est nécessaire qu'on se soit sali en public.

M<sup>me</sup> FAVIÉ. — Mais enfin quand l'incompatibilité est telle...

MARCHAL. — Ce n'est pas une cause admise. C'est la plus fréquente, une des plus fortes. Ce serait la plus décente. Ce n'est pas une cause admise.

M<sup>me</sup> FAVIÉ *(haussant les épaules, et prêtant l'oreille)*. — Vous n'entendez rien ?... On dirait des éclats de voix... Qu'est-ce qui se passe là-dedans, mon Dieu !... Je meurs d'inquiétude !

MARCHAL. — Mais non. Calmez-vous !

M<sup>me</sup> FAVIÉ. — Ah ! Ce divorce !... Alors que faire ?

MARCHAL. — Voilà. Le Hagre est décidé à vous tenir tête par tous les moyens, toutes les influences... Appel, cassation, ça peut durer des années.

Mᵐᵉ FAVIÉ. — Vous m'épouvantez ! Que devenir ?...

MARCHAL. — Transigez ! Essayez de leur faire marché de ces lettres, qui peuvent les perdre. Obtenez la garde entière de Josette, mettez-y la somme qu'il faut. Il cédera sa fille, il s'en moque bien, ce n'est qu'un prix à débattre.

Mᵐᵉ FAVIÉ (*qui regardait du côté de la porte*). — Hein ?... Je vous jure que j'ai entendu des éclats de voix !... Et dire qu'on a le bon droit pour soi !... Tenez ! voulez-vous mon avis ? C'est une loi idiote, votre loi !

MARCHAL. — C'est la loi.

(*Ils continuent à causer à voix basse. Herbelot et Tartre rentrent bras dessus, bras dessous.*)

---

### SCÈNE XI

TARTRE. — Vas-tu ce soir à l'Opéra ?

HERBELOT. — Ma femme n'aime pas la musique.

TARTRE. — Moi non plus. Mais il y a la salle...

HERBELOT. — Et le ballet !

TARTRE. — J'avoue... C'est...

HERBELOT. — Suggestif ?

TARTRE. — Digestif... Je ne digère jamais mieux qu'au théâtre. Dis donc, ils sont en train de se manger le nez, là-dedans ?... C'est d'un long ! Et il faut que je m'occupe encore, avant dîner, des Chemins de fer Marocains, de la succession Vernois, des chauffeurs syndiqués, du...

LE MONSIEUR (*à Tartre*). — Je vous cherche partout... J'ai perdu ! C'est une infamie !... Une indignité !...

TARTRE. — Vous l'ai-je assez répété !... La réconciliation, mon cher monsieur, que dis-je, l'apparence de la réconciliation... On ne se méfiera jamais assez de la réconciliation...

LE MONSIEUR. — Mais puisqu'il n'y en a pas eu ! Ah ! Ce Duvernois, quelle force !... (*A Herbelot.*) Figurez-vous, monsieur... Après une enquête où nous nous étions traités, ma femme et moi, Dieu sait comme ! Je sors du Palais... J'étais derrière elle... Peu de passants... Elle a eu une inspiration... L'attaque de nerfs !... Sans méfiance, par humanité, je la ramasse, la conduis au premier café... Un cordial, puis hop ! Un fiacre... Je l'y pousse... Et bon voyage !... Résultat, elle oppose une bonne petite réconciliation, Duvernois plaide, et le jugement, tout à l'heure...

HERBELOT. — Il est de fait !...

LE MONSIEUR. — Ça ne se passera pas comme ça. Je veux voir le Président.

TARTRE. — Trop tard. C'est bon avant...

HERBELOT. — Il vous reste l'appel.

LE MONSIEUR. — L'appel ?... Ah ! la rosse !... Attendez donc, moi aussi j'ai une inspiration... (*Il fait le geste d'administrer une raclée.*) Nous verrons si elle dira encore que nous sommes réconciliés. (*Il sort.*)

TARTRE. — Et ce n'est pas faute de l'avoir prévenu ! Ces gens du monde sont d'une ignorance !... La loi, nul n'est censé... pas un ne la connaît.

HERBELOT. — Ce n'est pas à nous de nous en plaindre.

TARTRE. — C'est vrai... Ah ! voici nos...

(*Ils ont aperçu Francine et Le Hagre qui sortent de chez le Président. Ils se séparent vivement pour aller à eux. Marchal et Mme Favié se rapprochent.*)

---

### SCÈNE XII

LES MÊMES, UN MONSIEUR *très agité.*

LE HAGRE (*à sa femme*). — Ecoutez-moi, je vous en supplie.

FRANCINE. — Vous ne savez que mentir ! Vous m'avez menti toute votre vie ! Vous avez menti tout à l'heure encore, devant le Président !

LE HAGRE. — Je ne sais ce que j'ai dit. Je suis fou... Votre colère, la crainte de vous perdre, vous, notre fille...

TARTRE. — Monsieur !...

FRANCINE. — Moi ? Ma fille ? Vous vous en souciez bien tard ! Osez donc dire ce qui vous brûle les lèvres, ce que vous avez au fond de l'âme, osez-le... votre ignoble cupidité, votre...

HERBELOT. — Madame !... Venez donc !

FRANCINE (*à Mme Favié*). — J'ai la garde de Josette. Elle ne verra plus son père qu'en visite, les jeudis et dimanches...

LE HAGRE (*à Tartre*). — J'ai fait réduire la pension alimentaire à six cents francs par mois... C'est encore trop.

MARCHAL. — Partons.

LE HAGRE (*revenant vers sa femme*). — Vous avez bien réfléchi ?

FRANCINE. — Je vous défends de me parler.

Mᵐᵉ FAVIÉ (*inquiète*). — Francine !

LE HAGRE. — Prenez garde ! Il faut être bien sûr de soi pour menacer de la sorte !

MARCHAL (*à Francine*). — Vous n'êtes pas raisonnable.

FRANCINE (*revenant sur Le Hagre*). — Osez donc menacer, à votre tour !

TARTRE (*à Le Hagre*). — Allons, monsieur !... On nous remarque.

HERBELOT (*désolé*). — Et on appelle ça une entrevue en conciliation !

LE HAGRE (*emmené par Tartre, se retourne et ricane*). — Vous vous croyez libre ! Vous ne l'êtes pas encore.

(*Sonnerie.*)

L'HUISSIER (*appelant*). — M. et Mme Dranard...

# ACTE II



*Deux ans après. — Un salon chez Mme Favié
à Paris.*

---

## SCENE I

FRANCINE, MME FAVIÉ, JOSETTE.

*Mme Favié coud, d'un air absorbé. Francine
se promène de long en large, nerveuse. Josette, assise à une table, dans un coin du salon, est en train d'échafauder un château de
cartes.*

MME FAVIÉ, *levant les yeux vers la pendule.*
— Dans une heure nous serons fixées. L'arrêt de
la Cour aura cassé l'inique jugement du Tribunal.

FRANCINE. — Plus de deux ans pour en arriver
là !

MME FAVIÉ. — Mais quelle revanche !

FRANCINE. — C'est que c'est la partie suprême !... En ce moment, mon sort se joue : blanc,
noir, la roue tourne...

MME FAVIÉ. — Tu te souviens de notre angoisse, la première fois...

FRANCINE. — On attendait Marchal, comme
aujourd'hui...

JOSETTE *(mettant la dernière carte).* — Encore une !

MME FAVIÉ. — Attention !...

JOSETTE. — Elle tiendra !

*(Tout croûle).*

MME FAVIÉ. — Patatras !

JOSETTE. — Mon beau château !

MME FAVIÉ. — Tu es jeune ! Recommence !...

FRANCINE, *(à Josette qui, renversée sur une
chaise, regarde dédaigneusement les ruines).* —
Eh bien ?

JOSETTE. — Ça ne m'amuse plus !

MME FAVIÉ. — La patience et toi...

FRANCINE *(haussant les épaules).* — Joue à
un autre jeu... *(A Mme Favié).* La patience, c'est
une vertu de grandes personnes... C'est comme
l'espoir. A son âge, il n'y a que la minute qui
passe.

MME FAVIÉ. — Heureusement !

*Francine s'assied, près de Mme Favié. Josette
grimpe sur les genoux de sa mère.*

JOSETTE. — Quand est-ce qu'il reviendra,
M. Eparvié ?

FRANCINE. — Pourquoi ?

JOSETTE. — Réponds d'abord.

FRANCINE. — Aujourd'hui peut-être.

JOSETTE *(battant des mains).* — Ah ! Tant
mieux. Il sait si bien m'amuser, lui ! Je lui deman-
derai tout de suite une histoire.

MME FAVIÉ. — Tu ferais bien mieux de le laisser tranquille. Tu es toujours à l'ennuyer.

FRANCINE. — Elle sent bien que non.

MME FAVIÉ. — Je t'assure. Elle a l'air d'une
petite fille mal élevée.

JOSETTE. — Mais c'est maman et toi qui m'élè-
vent !

FRANCINE. — Voilà ce qui s'appelle de la logique.

MME FAVIÉ *(amère).* — Elle tient ça de toi !

JOSETTE *(embrassant Mme Favié).* — Petite
grand-mère chérie.

FRANCINE. — Et du cœur !... Ça, c'est de nous
deux, je pense.

*Josette est retournée à la table où elle range
les cartes, puis les boîtes de jouets, sans se
soucier de la conversation des grandes personnes.*

MME FAVIÉ *(regrettant sa vivacité).* — Ex-
cuse-moi... Il y a certains sujets qui, dans notre
situation, m'inquiètent, me chagrinent malgré
moi...

FRANCINE. — Qu'y puis-je ?

MME FAVIÉ. — Rien, évidemment. Oh ! je reconnais que la conduite de notre ami est par-
faite.

FRANCINE. — Ses visites ont toujours été rares.
Et, de lui-même, tu vois bien que depuis trois semaines...

MME FAVIÉ. — Il a raison, le monde est méchant.

FRANCINE. — Où il n'y a rien dire...

MME FAVIÉ. — Empêche-t-on de penser ?... Ce
que j'aime en Eparvié, c'est sa franchise, et son
tact... Il a compris que le passé lui imposait une
réserve...

FRANCINE. — Le passé ? Une réserve ?... Mais
laisse-moi te faire remarquer, petite mère, qu'en
dehors de toi, et de lui, tout le monde ignore, je
suppose, la démarche dont à mon insu il m'a ho-
norée autrefois, et que si l'autre jour, par je ne
sais quelle peur de me voir me compromettre, tu
ne m'avais, toi-même, avertie, j'ignorerais encore...

MME FAVIÉ. — C'est vrai. J'ai eu tort. J'avais
peur...

FRANCINE. — Des autres ?... ou de moi ?

MME FAVIÉ. — C'est à toi de répondre...
Ecoute, je serai franche. Quand, à son retour du
Soudan, Eparvié nous a fait la surprise d'entrer
ici sans se faire annoncer, je lui ai trouvé l'air si
jeune, si gai, je me suis dit : « C'est un autre
homme ! » Et puis, bientôt, en le revoyant, je me

-suis aperçue que toi aussi tu étais changée. Tu devenais moins triste, plus confiante... Je retrouvais un peu de ma Francine d'autrefois... Alors j'ai redouté... Je me suis souvenue, revue à dix ans en arrière.

FRANCINE (*très calme*). — Sois tranquille, je ne me revois plus.

MME FAVIÉ (*joyeuse*). — Cela vaut mieux. Tu es brave, toi ! Tu regardes toujours en avant.

FRANCINE. — Est-ce que le regret sert à quelque chose ?

MME FAVIÉ. — C'est le compagnon de bien des vies, le seul quelquefois.

FRANCINE. — Un mauvais compagnon.

MME FAVIÉ. — On ne le choisit pas !

FRANCINE (*baisant sa mère au front*). — Résignée, va !

MME FAVIÉ (*rendant le baiser*). — Révoltée !

JOSETTE (*qui a fini de ranger ses jouets, et qu'une pensée préoccupe*). — Maman ! Maman !

FRANCINE. — Ma fille ?

JOSETTE. — Et pourquoi est-ce qu'il était parti, M. Eparvié ?

FRANCINE. — Il avait affaire.

JOSETTE. — Ah !

FRANCINE. — A quoi penses-tu ?

JOSETTE. — Oh ! à rien.

FRANCINE. — Voyons !

JOSETTE. — Des choses que papa m'a dites.

FRANCINE. — Quand ? Répète-les-moi. Je dois savoir...

MME FAVIÉ. — Laisse-la donc...

FRANCINE. — Ah ! oui, ton système... se taire... biaiser... par dignité... C'est avec cela que nous sommes toujours battues dans cette horrible lutte. La franchise vaut mieux. Parle, mignonne, si tu m'aimes.

JOSETTE. — Je n'aime que toi !... C'était jeudi, à l'autre visite. Papa m'a donné des bonbons, et puis il m'a dit... Attends !...

FRANCINE. — Parle !

JOSETTE. — Eh bien... que tu le trompais avec M. Eparvié (*Francine et Mme Favié se regardent, indignées. Josette, innocemment*) : Qu'est-ce que ça veut dire ?.., Est-ce que tu comprends, toi ?

FRANCINE. — Et qu'est-ce que tu as répondu ?

JOSETTE. — J'ai répondu : Je ne sais pas !... Alors, comme il s'est mis en colère, j'ai crié aussi fort que lui : « Maman n'a jamais trompé personne ! Vous êtes un méchant ! »

FRANCINE (*serrant sa fille contre elle*). — Pauvre chérie ! (*A Mme Favié*) : Comment n'a-t-il pas honte ?... Et tu aurais voulu que je la lui renvoie encore hier, sous prétexte que c'était le dernier jeudi, la dernière visite avant l'arrêt !

JOSETTE (*pendue à son cou*). — Je ne veux plus aller chez papa ! Je ne veux plus aller chez papa !

FRANCINE. — N'aie pas peur ! Tu n'y retourneras plus de longtemps, à présent... Tout à l'heure, nous serons libres !

MME FAVIÉ. — Oublie tout cela. Sèche tes larmes, petit visage de printemps !

JOSETTE. — Ici, c'est ma maison, je suis si bien.

FRANCINE. — Va, maintenant... (*Elle sonne. Entre la vieille bonne, Nanon*). Nanon, vous allez me faire goûter cette petite personne-là.

JOSETTE (*sautant au bras de Nanon*). — Avec les nonettes de M. Marchal !

(*Elle sort.*)

---

## SCÈNE II

### MME FAVIÉ, FRANCINE.

MME FAVIÉ. — Ah ! Si tes juges pouvaient l'entendre ! C'est ton meilleur avocat !...

FRANCINE. — Il est certain que Mᵉ Coudray... Oh ! Comment n'y a-t-il pas de loi pour punir des crimes pareils !... Un père ! Attenter à la pureté de l'enfance !... Et si c'était la première fois encore ! Mais depuis que nous avons fait appel...

MME FAVIÉ. — Depuis quatorze mois...

FRANCINE. — Il ne s'est pas passé une semaine où Josette n'ait été victime de ce prolongement de souffrances... Sa santé m'inquiète. Elle est nerveuse, troublée. Oh ! elle a une petite âme légère, heureusement, et un sens droit. Tout cela ne la ternit pas plus qu'un mauvais souffle sur un miroir... Il ne faudrait pourtant pas que cela dure !

MME FAVIÉ. — Courage, c'est la fin...

FRANCINE. — Oui, oui, l'arrêt doit être rendu, maintenant. Je touche à l'heure attendue. Je vais sortir de cette nuit de mort, entrer dans une existence nouvelle. Je ne serai plus Mme Le Hagre. Je respire. Je vais renaître.

MME FAVIÉ. — On sonne.

FRANCINE. — Marchal ! Nous allons savoir.

---

## SCÈNE III

### LES MÊMES, MME LAFAGE.

FRANCINE (*elle a couru vers la porte, guettant l'arrivée. Elle a un geste de déception. Du seuil, à Mme Favié*). — Mme Maubrée.

MME FAVIÉ. — Mme Lafage, tu veux dire.

FRANCINE. — C'est vrai.

*Surprise, elle a fait signe de laisser entrer, elle remonte la scène.*

MME LAFAGE, (*rose, poudrederizée, jolie*). On peut entrer ?... Vous ne m'attendiez pas ?

FRANCINE. — Entrez toujours. Je suis heureuse de vous voir. Vous êtes libre, vous !

MME LAFAGE. — Vous voulez dire que je ne le suis plus... Dame ! Quand on s'est redonné un seigneur et maître... Ah ! les hommes, quels tyrans !....

FRANCINE. — Comme cela s'est fait vite !

Mme Lafage. — Vous trouvez? Un mois pour le divorce! Neuf pour... les convenances...

Francine. — Et voilà un an déjà que vous êtes remariée!

Mme Lafage. — C'est pourtant vrai!... Comment, si longtemps que cela, pauvre amie, depuis que nous nous sommes rencontrées à la porte de Trassier...

Francine. — Moi, j'attends toujours.

Mme Lafage. — Ayez donc une cause juste!... Enfin! Vous touchez au port... Tout cela ne sera bientôt plus qu'un mauvais souvenir.

Mme Favié. — C'est ce que je lui dis...

Francine. — Nous saurons dans quelques instants...

*Timbre dans l'antichambre.*

Mme Favié. — Voilà peut-être justement...

*Elles se lèvent.*

Mme Lafage. — Ah! C'est aujourd'hui... Excusez-moi, j'étais montée en passant, sans savoir.

*La porte s'ouvre. La femme de chambre laisse passer Eparvié. Il baise la main de Hme Favié, et serre celle de Francine.*

Mme Favié. — C'est vous! Nous attendions Marchal.

Francine. — Vous êtes le bienvenu... (*Elle présente.*) Monsieur Eparvié... Madame Lafage... Vous ne savez rien?

Eparvié. — Non. Rien encore. J'espérais...

Francine (*à Mme Lafage*). Vous partez?...

Mme Lafage (*après un coup d'œil curieux*). Pardon de vous avoir dérangée, je me sauve.

Eparvié. — J'espère que ce n'est pas moi qui vous chasse, madame?

Mme Lafage. — Non. Mon mari m'attend!... (*A Francine*). Qu'est-ce que vous voulez?... Me revoilà esclave!... Contente de vous avoir vue si vaillante... A bientôt... Et bonne chance!... (*A Mme Favié*). Au revoir, chère madame...

*Elle sort.*

———

SCÈNE IV

Francine, Mme Favié, Eparvié.

Francine. — Elle est heureuse, celle-la.

Mme Favié. — Elle ne semble pas se douter de son bonheur!

Eparvié. — C'est que le bonheur, c'est comme la santé, ça s'apprécie quand on ne l'a plus!

*Bruit du côté où est partie Josette. On entend sa petite voix.*

Josette. — Mais puisque je te dis qu'elle est partie!

*Elle rentre en coup de vent, traînant Nanon.*

Tu vois bien que c'est lui qui a sonné!

*Elle se jette dans les bras d'Eparvié.*

Nanon. — C'est qu'il faut faire ses quatre volontés.

Josette. — Bonjour. Tu vas bien?

Eparvié (*l'enlevant dans ses bras*). Et toi, mignonne?... Es-tu contente?

Josette. — Toujours, quand je te vois... (*Il la repose.*) Tu sais, tu m'as promis de me raconter l'histoire du campement, pendant la nuit...

Mme Favié. — Une autre fois!...

Josette. — Non, non! Tout de suite!... Quand tu fais un mur, avec des branches...

Eparvié. — Ah! oui, autour du lit...

Josette. — Un hamac?

Eparvié. — Bien sûr.

Josette. — Et encore autour?...

Eparvié. — On allumait de grands feux, pour écarter les bêtes...

Josette. — De grosses bêtes?...

Eparvié. — Très grosses.

Josette. Et tu n'avais pas peur?

Eparvié. — Mais non!

Josette (*étonnée*). — Ah!... c'est si bon d'avoir peur.

Eparvié. — De loin! Je suis sûr que, de près, tu serais moins brave.

Josette. — Mais puisque je serais avec toi!

Eparvié, Ça, c'est gentil.

*Mme Favié a été se rasseoir et se met à coudre, d'un air maussade. Francine s'en aperçoit.*

Francine (*à Josette*). — Là-dessus, la révérence, c'est l'heure où les petites filles vont étudier leur leçon.

Josette. — J'ai le temps.

Eparvié. — Fi! la paresseuse, tu ne sauras jamais rien.

Josette, — Oh! veux-tu que je récite mes rois de France?...

Mme Favié. — Ah! Non, merci!

Josette, (*à Mme Favié*). — D'habitude, tu veux toujours que je les récite...

*Geste de mauvaise humeur de Mme Favié.*

C'est bon, je m'en vais... (*A Eparvié.*) Mais après, tu sais...

Eparvié, — Une histoire, c'est juré.

Nanon. — Allons, mademoiselle.

Mme Favié (*à part*). — Que d'histoires!

Eparvié, (*la regardant s'en aller. A Francine*). — Elle ne souffre plus, de sa jambe?

Francine. — Plus du tout.

Mme Favié, — Maudit accident! Il nous aura fait bien du mal!

Eparvié. — Comment cela?

Mme Favié. — C'est vrai. Vous n'avez pas entendu la plaidoirie de Duvernois devant la Cour!

Eparvié, — Pouah! La première, devant le

Tribunal civil, m'a suffi. Peut-on mentir avec cette imprudence !

Mme Favié. — C'est admis.

Francine. — Herbelot dit même que c'est nécessaire.

Éparvié (*haussant les épaules*). — Et qu'a-t-on inventé, cette fois ?

Francine. — Oh ! c'est bien simple... Vous vous souvenez ?... Précisément le jour où on m'avait refusé le divorce, ce jeudi où Josette, en descendant de chez son père, s'est fracturé la cheville, dans l'escalier... Je n'ai écouté que mon cœur. Malgré les conseils de Marchal, de l'avoué, de maman, j'ai couru la voir. Je suis rentrée dans mon ancienne chambre, où on l'avait remontée...

Éparvié. — Eh bien ?

Francine. — Je vous ai dit, n'est-ce pas, que M. Le Hagre était entré ? Nous n'avons échangé ni un salut, ni une parole, et je suis repartie, au bout d'une heure, quand le médecin m'eut rassurée. Ce qui n'a pas empêché les domestiques de prétendre, à l'enquête...

Éparvié. — Alors ?

Francine. — Alors, cet acte que toutes les mères eussent accompli, cet instinct qui m'a poussé vers le lit de douleur de ma fille, ils ont exploité cela !... Ils ont osé plaider... une réconciliation... Vous comprenez : le piège, la chausse-trappe !

Éparvié. — Les juges n'y tomberont pas ! Ils réfléchissent, ces hommes !... Ils se diront que quand on plaide, on n'est pourtant pas réconciliés...

Francine. — N'est-ce pas ?... Le bon sens... oui, c'est ce qui me fait espérer qu'aujourd'hui...

Mme Favié (*se levant, nerveuse*). — Dieu ne voudrait pas...

Éparvié. — Dieu... Sans doute ! Cela n'empêche pas, madame, qu'en matière de procès, comme ailleurs, le conseil évangélique n'ait du bon : Aide-toi, le ciel t'aidera.

Mme Favié. — Si l'aide divine ne tenait qu'à cela... C'est qu'on s'est remué, de l'autre côté !

*Elle s'éloigne, va s'accouder à la fenêtre, inquiète, guettant la rue.*

Francine. — Je ne puis comprendre, quand on a le bon droit...

Éparvié. — Ah ! madame...

Francine. — Quoi ?.., (*Éparvié hoche la tête*). Vous savez quelque chose ?... Dites !... Je vous en prie, soyez franc !...

Éparvié. — Non, non, je vous affirme...

Francine. — Vrai ?

Éparvié. — Je suis comme vous. J'espère.

Francine. — Oui !... Pourtant j'ai du courage... S'il fallait, si vous aviez appris...

Éparvié. — Rien... Je vous jure... Je n'ai appris depuis longtemps, à travers ces semaines de tourmente, qu'à vous mieux connaître, à vous mieux aimer.

Francine. — Et moi aussi, je sens tout le prix de votre amitié.

Éparvié. — Soyez sûre qu'elle ne vous fera jamais défaut. Dix ans l'ont mise à l'épreuve, elle est fidèle.

Francine, (*simplement*). — Je sais.

Éparvié. — Vous... savez...

Francine. — Oui, je sais... Maman m'a dit, il y a quelques jours... Et pourquoi ne vous l'avoue-rais-je pas franchement ? J'ai été touchée d'apprendre votre demande... J'ai eu une minute de fierté pour la petite Francine ignorante, légère, que j'étais alors... J'ai eu de la peine aussi, en pensant à celle que j'avais pu vous faire, à mon insu. Cela est si loin. N'en parlons plus !

Éparvié. — N'en parlons plus.

Francine. — Et je sais aussi, je sens qu'à travers l'absence, vous m'avez gardé votre amitié intacte, que vous me l'avez rapportée entière. Moi aussi j'ai appris à vous connaître. J'ai trouvé en vous quelqu'un de loyal et de ferme, un cœur sur lequel on peut s'appuyer. Je prends avec confiance la main que vous me tendez.

Éparvié. — Merci.

*Mme Favié, qui avait cessé de regarder à la fenêtre, s'est retournée et a aperçu le geste. Elle a fait mine de ne pas voir, réprobative, et s'est rassise. Elle se remet à coudre. Silence.*

Mme Favié. — Et quand on pense au scandale !... Cette plaidoirie ! J'y reviens toujours... (*À Éparvié.*) Marchal ne vous a pas raconté ? Il paraît qu'il y avait un monde, à l'audience !

Francine. — Une vraie première !

Mme Favié. — Dire que tout Paris colporte sur nous, depuis quinze jours, ces infamies !... Car on a beau interdire aux journaux la publicité des débats... Du moment qu'amis, ennemis, les curieux, jusqu'aux badauds sont là, n'est-ce pas ?,.. Comment ne juge-t-on pas tout cela à huis-clos, proprement, dans l'intérêt de tous ?... Comment supporte-t-on ?...

Éparvié. — Évidemment... C'est comme cette licence des avocats...

Francine. — Les privilèges du barreau, c'est sacré.

Éparvié. — Je vous jure qu'une bonne claque, de temps en temps... Mais voilà... C'est dans les mœurs... Notre routine !... Une des choses qui m'étonnent le plus, dans notre pays, quand j'y rentre, c'est cette acceptation moutonnière... Personne ne sait comme nous dénoncer les abus, et s'y faire... On chansonne, mais on subit.

Mme Favié. — On ne s'émeut que quand on est personnellement touché.

Éparvié. — Et tout le mécanisme de la procédure... C'est révoltant quand on y pense ! Ces lenteurs, ces embûches, tout cet appareil d'un autre âge !... Penser qu'à notre siècle de décisions rapides, de découvertes lumineuses, avec notre soif de simplification, de progrès, nous nous plions encore à ces formes despotiques, à ce formulaire vieillot, à ces rouages rouillés et barbares !... Et les jours passent, les semaines s'allongent.

Francine. — Et la haine grandit, et l'enfant souffre !... Ah ! Cette torture-là, on a oublié de l'abolir !

Mme Favié. — Plutôt que de s'infliger cela, c'est à se demander s'il ne vaudrait pas mieux souffrir en silence.

Francine, (haussant les épaules). — Non, non, mille fois non, par exemple !

Éparvié à (Mme Favié). — Quand la délivrance est au bout ?

Mme Favié. — Dites ce que vous voudrez, ce sont des habitudes de sauvages.

Éparvié. — De sauvages ? Fi donc, madame, vous les calomniez. Si leur justice est aussi incertaine, du moins elle est immédiate... Mais qu'importe, maintenant ?... (A Francine). Ne pensez plus qu'au but. Vous l'atteignez. Et tout ce dont vous avez souffert, si cruel que cela ait été, vous l'oublierez. A distance, les sentiments se transforment. Je me souviens d'heures où, épuisé, miné de fièvre, traqué de dangers, dans la forêt, dans la brousse, après des marches sans fin, je souhaitais mourir. C'est curieux, j'y pense presque avec plaisir aujourd'hui.

Francine. — C'est une parole d'homme. Les hommes sont libres, forts. Moi, je ne pourrai jamais me ressaisir entièrement, jamais...

Éparvié. — Ne dites pas cela... Vous aussi, vous allez redevenir libre... En pleine jeunesse. en pleine beauté... Et vous avez Josette, qui va grandir et qui vous aime.

Francine. — Vous voulez me redonner du courage une fois de plus !

Éparvié. — Je le voudrais. (Un silence.) Ça été pour moi une surprise si pénible... Vous retrouver ainsi, luttant contre un sort que vous ne méritez pas. Une des pensées qui m'étaient douces, au loin, était de vous croire heureuse.

Mme Favié (détournant la conversation). — Nous aussi, nous avons pensé à vous... Quoique vous ne donniez guère signe de vie...

Éparvié. — A quoi bon écrire ?... On se sent si seul, là-bas, si séparé du monde. Que de fois, pourtant, j'ai eu la nostalgie du pays...

(Francine va à la cheminée, compare les heures de la pendule et de sa montre.)

Mme Favié. — Mais vous repartez toujours !

Éparvié. — Je ne vis bien que là... Sans contraintes sociales... sans lois que celles de la nature, de l'instinct... Les grandes chasses, les horizons vierges. La joie de s'enfoncer dans l'inconnu... de découvrir du nouveau : des plantes, des bêtes, des hommes... L'orgueil d'être, dans ces solitudes, si peu de chose, pourtant une volonté tenace, quotidienne... La vie alors prend toute sa saveur, imprévue, violente. On respire à pleins poumons... On est son maître.

Francine. — Que tout doit vous sembler petit, quand vous revenez !

Éparvié. — Tout me semble délicieux. Je vous jure que je les apprécie alors, les bienfaits de la vieille Europe !... Mais, d'ordinaire, ça ne durait pas... Bientôt j'étais repris par ma manie... Cette civilisation si raffinée, si délicate, elle m'enserrait, elle me ligotait comme un filet... Vite, il fallait que je m'évade, que je retourne à ma hutte de feuilles, à ma vie nomade...

Mme Favié (comme satisfaite à cette idée). — Y repenseriez-vous ?

Éparvié. — Je ne pense qu'à vous voir sorties de peine.

(Un silence.)

Francine (fébrile). — Marchal devrait être là.

(Silence. — Anxiété sourde.)

Mme Favié. — Cette attente est intolérable.

Éparvié. — Voulez-vous que j'aille aux nouvelles ? J'ai mon auto en bas ?...

Francine. — Je veux bien.

Éparvié. — Dans dix minutes, je suis ici.

———

### SCÈNE V

Francine, Mme Favié.

Un silence. Mme Favié regarde Francine avec une perspicacité mélancolique).

Francine. — Qu'y a-t-il... Oh ! je devine... Allons, dis ce que tu penses.

Mme Favié. — J'hésitais... Mais du moment que tu m'y pousses...

Francine. — Eh bien ?

Mme Favié. — Écoute, chérie, c'est un conseil de vieille maman. Tu en feras ce que tu voudras. Je crois que mon devoir est de t'avertir. Sans doute, M. Éparvié est l'homme le plus droit, le meilleur ami, mais...

Francine. — Mais ?

Mme Favié. — Je crains que son affection, involontairement parfois, ne l'emporte... Je crains que toi-même, sans y songer...

Francine. — Achève.

Mme Favié. — J'ai tout dit... (Affectueusement.) Prends garde !

Francine. — A quoi ?

Mme Favié. — Si tu allais l'aimer !

Francine (amèrement). — Pas encore !... Rassure-toi !... Je n'y ai pas le cœur.

Mme Favié. — C'est la réponse que j'attendais de toi.

Francine. — Tu supposes que je ne me sens pas libre ?

Mme Favié. — Est-ce que je me trompe ?

Francine. — Absolument !...

Mme Favié. — Qu'entends-tu dire ?...

Francine. — Écoute, ce n'est pas moi qui ai entamé ce chapitre, mais puisque ta tendresse a cru bon de s'alarmer si vite, et que nous avons tant fait que de parler de ces choses, il est bon que tu saches. Non, je ne me sens liée en rien, tu entends, en rien aux prétendus devoirs que tu me rappelles. Du jour où j'ai été trompée vilement par celui qui est encore mon mari, je me suis considérée comme relevée de toute obligation vis-à-vis de lui, comme affranchie d'une fidélité que j'étais seule à tenir ! Dès lors, moralement, j'étais, je reste libre. Pourquoi, au nom de quoi continuerais-je à m'asservir à un joug brisé ? Par quelle dérision voudrais-tu que je me garde, moi, ma pensée, ma foi, à un être qui, en dépit de la loi, n'est plus pour moi qu'une chose sans nom, un maître fictif !... Sache-le bien. Cette loi qui, aux yeux du monde, va me faire libre, je ne l'ai pas attendue pour me rendre à moi-même.

Mme Favié. — Ton exaltation m'effraie autant qu'elle m'attriste. Tu sais que je ne puis concevoir la vie, le mariage, de cette façon. Même quand le lien civil serait rompu, entre le mari et la femme, même quand le divorce vous aurait rendus à vous-mêmes, je ne crois pas qu'on soit en droit de renouer, devant les hommes, ce qui n'est pas dénoué devant Dieu ! Ce ne sont pas tes idées, soit ! Je respecterai ta conscience comme tu respectes la mienne. Mais, Francine, en attendant que tu sois légalement redevenue maîtresse de tes actes, peux-tu m'empêcher de songer, sans une espèce de crainte, à tout l'incertain de l'avenir, aux lendemains qui t'attendent, toi, Josette...

Francine. — Eh bien, puisque ta prudence éveille en moi ces pensées, je te dirai... (*Elle hésite, puis nettement.*) Je te dirai que si, par avanture, M. Eparvié me faisait l'honneur de m'aimer encore, ce que jusqu'à présent j'ignore, et que si mes propres sentiments devaient être un jour... ceux que tu redoutes...

Mme Favié. — Eh bien ?...

Francine. — J'estime que Josette pourrait se trouver heureuse, comme sa mère, d'accepter la vaillante main qui leur serait offerte...

Mme Favié. — Heureusement, nous n'en sommes pas là !...

Francine, (*finement*). — J'ai dit : si...

Mme Favié. — Mais songe donc ! Si ton cœur, malgré toi, t'entraînait, et que par impossible...

Francine. — Poursuis.

Mme Favié. — Non ! Je ne veux pas y penser !... Ce serait affreux... Si ton divorce...

Francine. — Etait refusé ?... (*Geste incrédule. — Court silence.*) Ah ! ce jour-là...

Mme Favié. — Francine !

Francine. — De qui crois-tu donc que ma vie, mon être dépendent ?

Mme Favié. — Il y aurait trop à répondre !

Francine. — Ce jour-là... Tiens ! Je suis folle. Tu me fais dire des choses inutiles... Avec ton avenir... (*Elle hausse les épaules.*) Revenons au présent... (*Timbre dans l'antichambre.*) Cette fois...

*Elle s'élance, suivie par Mme Favié. Court silence d'attente. Enfin la porte s'ouvre.*

---

### SCÈNE VI

Les mêmes, La Femme de chambre.

Nanon, (*à Francine.*) — M. Morot-Le Hagre fait demander à Madame si elle veut bien le recevoir. Il insiste...

*Francine et Mme Favié se regardent.*

Francine (*lisant la carte.*) — M. Morot-Le Hagre, conseiller honoraire à la Cour de Cassation...

Mme Favié. — Son cousin... Qu'est-ce que cela signifie ?... Dans quel but ?

Francine. — Dans quel intérêt ?...

Mme Favié (*hésitante.*) — Faut-il ?...

Francine. — Faites entrer...

---

### SCÈNE VII

Les mêmes, Morot-Le Hagre.

*Il s'incline profondément devant Mme Favié, et avec une galanterie amicale devant Francine.*

Morot Le Hagre. — Madame... Ma chère cousine...

*Brève pause d'interrogation et d'attente. Mme Favié désigne un siège.*

Francine. — Parlez, monsieur.

Morot-Le Hagre, *assis, à Francine.* — Peut-êtrs vous demandez-vous ce qui vous vaut, à cette heure particulièrement grave, et après tant de mois d'une abstention qui, croyez-le, m'a souvent peiné, la visite du vieil ami que je suis demeuré... (*Geste de Francine.*) Oui, laissez-moi vous le dire, une affection sincère guide seule la démarche que je tente, à la prière de votre mari, démarche qu'à vos yeux motiveront assez sans doute nos liens de parenté et le privilège, moins enviable, hélas, de mon âge.

Francine. — C'est aux titres que vous invoquez, monsieur, que je ferai donc crédit, car pour votre mission, elle ne me semble d'aucune utilité, surtout à cette heure, où, en dehors de ce que nous pourrions dire, la question, j'imagine, est tranchée.

Morot-Le Hagre. — Elle doit l'être. Raison de plus pour que je fasse appel à tout ce qu'il y a de bon, d'intelligent en vous, pour que je vous prie de réfléchir, de...

Francine. — Si l'arrêt est prononcé, si vous savez, pourquoi ne pas avoir la franchise de le dire ?... Trêve de réticences, de mots enveloppés... Parlez donc ! Cartes sur table.

Morot-Le Hagre. — Mais je ne sais rien... rien d'officiel.

Francine. — Qu'importe, du reste !... Si justice est rendue, comme j'y compte, les paroles sont vaines... Que M. Le Hagre n'attende rien de moi... Et si, par malheur... Oh ! alors, tout sera dit ! Je saurai ce qui me reste à faire.

Morot-Le Hagre. — Vous avez raison. A quoi bon préjuger d'un résultat qui peut déjouer notre attente ?... La situation est assez triste pour que vous écoutiez mon expérience de la vie... Je ne me console pas de vous voir prête aux pires, aux dernières folies... Eh ! oui, croyez-vous que vos souffrances, imméritées certes, vous permettent une appréciation juste ? La passion vous emporte, la réalité vous échappe...

Francine. — Tandis que M. Le Hagre a conservé, lui, un sens exact ?...

Morot-Le Hagre. — Dieu me garde d'excuser mon cousin !... Je l'ai assez blâmé... Mais enfin, pour coupable qu'il ait été, il a expié sa faute, je vous jure !... Il s'est bien repenti, allez !... Il a souffert, il souffre... Peut-on si facilement cesser de vous aimer, renoncer à vous ?...

Francine. — Quel amour !...

Morot-Le Hagre. — Mais son obstination à vouloir demeurer votre mari, comme il demeurera le père de Josette, quelle meilleure preuve qu'il n'a pas oublié le passé, qu'il espère en l'avenir ?

Francine. — Comment ?

Morot-Le Hagre (*papelard*). — Tenez, il y a entre vous un malentendu profond. Mais suffit-il d'un malentendu pour briser, gâcher deux vies ?... Et vous-même, ma chère cousine, si vous descendiez dans votre conscience... Oh ! vous avez été une épouse, une mère irréprochable... Mais la vie quotidienne ne comporte pas que de grands sentiments... ce sont surtout les petits côtés des caractères qui sont aux prises... Êtes-vous sûre d'avoir toujours rendu la maison agréable à votre mari ?... de n'avoir jamais eu les moindres torts ?... Oui, oui, je sais, ses torts à lui !... Mais une épouse chrétienne... Est-ce que les vertus, les vraies vertus de la femme ne sont pas la douceur, l'inépuisable bonté, l'esprit de sacrifice ?... Une âme aussi haute que la vôtre restera-t-elle inaccessible au pardon ?... Réfléchissez... Ne prononcez pas le mot définitif... Vous le regretteriez peut-être ensuite.

Francine. — Vous ne me donnerez pas le change. Le moment même que vous avez choisi me prouve, une fois de plus, que M. Le Hagre sait mettre ses sentiments d'accord avec ses intérêts... S'abaisserait-il à se soucier de moi s'il n'en avait besoin ?

Morot-Le Hagre. — Vous vous méprenez !

Francine. — Ah ! j'avais donc raison d'espérer... Vous venez d'apprendre ma victoire ! Ce que vous redoutez, ce sont les conséquences de votre défaite !... Vous avez parlé de Josette ! Je comprends. A défaut de la mère, vous voudriez vous rattacher à la fille !

Morot-Le Hagre (*ironie bourrue*). — Libre à vous de le supposer !... Admettons que c'est pour Josette seule que je viens... La chère petite !... Pensez-vous donc, même au cas où l'arrêt serait rendu en votre faveur, que rien aura modifié les droits que son père conserve sur elle ?... Déjà, hier, vous avez cru devoir, de votre propre autorité, la retenir chez vous, supprimer la visite hebdomadaire, comme si votre fille était à vous seule ! Josette est bien aussi un peu à son père, que diable !... Vous avez compté sans la nature, et sans la loi !... Ne forcez pas mon cousin à vous le rappeler trop durement ! Car enfin vous auriez eu beau rompre tous les autres liens... (*Sa voix s'adoucit.*) Celui de l'enfant subsiste... Il est indissoluble... Il vous rattache malgré vous l'un à l'autre. Il incarne vos devoirs réciproques... Voyons, ma cousine, est-ce que l'éducation, l'avenir de Josette ne vous paraissent pas de suffisants motifs d'oubli, une raison sacrée ?... Que cette idée vous rapproche, cimente à nouveau le foyer désuni, intact encore pourtant... Si vous le voulez !... Après tant d'épreuves, peut-être qu'un répit, un peu de bonheur, une vie meilleure vous attendent !... La mort seule est irréparable...

Francine. — Je vous ai patiemment écouté ! et j'admire avec quel art vous démasquez, vous changez vos batteries !... Josette, maintenant !... Eh bien, je serais curieuse de savoir quelle tendresse elle va bien pouvoir inspirer à son père, aujourd'hui où, avec ma liberté, la loi va me rendre ma fortune !

Morot-Le Hagre (*se levant*). — Qui vous parle de cela ?... Ce n'est pas de votre fortune qu'il s'agit pour l'instant, mais bien de ce que vous comptez faire après l'arrêt.

Francine. — Souffrez que j'attende de le connaître.

Morot-Le Hagre. — Et si cet arrêt vous réservait une surprise ?

Francine. — Bah ! tous les présidents ne sont pas des Trassier, heureusement !

Morot-Le Hagre. — Eh ! Eh ! N'arrive pas en effet qui veut, président de Chambre à la Cour Suprême.

Francine. — Je ne demande que de l'équité, à votre justice !

Morot-Le Hagre. — Vous en demandez trop !

Francine. — Je ne vous le fais pas dire !

Morot-Le Hagre. — J'entends que votre mauvaise cause...

Francine. — Brisons là.

Morot-Le Hagre. — Souvenez-vous seulement que vous vous fermez, volontairement, une des seules issues qui vous étaient ouvertes.

Mme Favié (*qui plusieurs fois déjà avait failli intervenir*). — Mais monsieur...

Francine (*l'interrompant*). — Pardon, mère...

Morot-Le Hagre (*à Mme Favié*). — Au revoir, madame... (*A Francine.*) J'étais venu avec des idées conciliantes, je regrette d'avoir si mal servi les intérêts que je comptais défendre, les vôtres, ma cousine !... Advienne que pourra. Vous venez de refuser beaucoup plus, peut-être, que vous ne pensez. (*Il sort.*)

———

SCÈNE VIII

Francine, Mme Favié. —

*Elles se regardent en silence.*

Mme Favié. — Pourtant, s'il en savait plus qu'il n'en dit !

Francine. — Et après ?...

Mme Favié. — Tu as peut-être eu tort !...

Francine (*haussant les épaules*). — Attendons l'arrêt... Si tu veux nous discuterons ensuite..

*Elle s'assied, prend un livre et le repose. — Mme Favié est à la fenêtre.*

Mme Favié. — Ah ! l'auto... Les voilà... C'est eux !

Francine (*debout*). — Eh bien ?

2

Mᵐᵉ Favié. — Ils ne m'ont pas vue !

Francine. — Qui, ils ?

Mᵐᵉ Parvié. — Marchal, Herbelot, Éparvié...

Francine. — Quel air avaient-ils ?

Mᵐᵉ Favié. — Je ne sais pas. (*Courte pause*)... Quelle angoisse ! (*Timbre dans l'antichambre*).

---

### SCÈNE IX.

Les mêmes, Marchal, Herbelot, Éparvié.

*Francine a couru vers la porte. Elle s'ouvre au même instant. A la vue des trois hommes soucieux, des visages peinés, elle s'arrête court. Ses bras tenaus retombent.*

Francine. — On me refuse le divorce !

Marchal. — Net.

Mᵐᵉ Favié. (*Cri d'indignation.*) — C'est trop fort.

Francine (*avec une stupeur douloureuse elle s'abat sur un fauteuil*) — Oh !

*Marchal, Éparvié l'entourent, Herbelot prend soin de Mme Favié, qui s'appuie à la fenêtre, toujours pâle.*)

Herbelot à *Mme Favié*. — Remettez-vous, chère dame.

Marchal (*à Francine*). — Du courage !

Éparvié. — Soyez brave !

Francine. — Le coup est trop rude... Je comprends maintenant la démarche de l'autre !.. J'étouffe, je ... Ah ! quelle horreur ! Mais ils n'ont donc pas de cœur, ces juges ! Ils sont donc aussi bêtes que méchants !

Marchal. — Bêtes, je ne dis pas. Méchants, pas même !...

Mᵐᵉ Favié. — Comment ont-ils pu !...

Francine (*éperdue*). — Est-ce possible ?

Herbelot. — Le président me l'avait bien dit : « Quand il y a réconciliation, nous déboutons toujours... » Ah ! quelle idée Duvernois a eue là !

Francine. — N'est-ce pas ? Croire que j'avais pu abdiquer de la sorte, oublier tout... Et le soir même du jugement... Mais la dernière des filles !... Et ces juges l'ont cru ! l'orgueil de ces hommes l'a cru !

Herbelot. — Vous avez vingt-quatre heures pour les maudire.

Éparvié. — Et toute sa vie pour en souffrir !

Herbelot. — Personne ne la plaint plus que moi.

Mᵐᵉ Favié. — Et maintenant ?

Francine. — Que faire ?

Marchal. — Ah ! Voilà !... Il faut voir les choses en face, comme elles sont. L'arrêt qui vous condamne est inique, monstrueux, mais il est formel. Vous n'avez plus un seul grief. Rien de ce qui s'est passé depuis deux ans n'existe. Vous êtes Mme Le Hagre comme devant. La loi vous dit : « Allez reprendre à votre foyer,

vous et votre fille, la place que vous n'auriez jamais dû quitter ! »

Mᵐᵉ Favié. — C'est terrible !

Marchal. — C'est ainsi.

Mᵐᵉ Favié. — Alors ?

Marchal. — Alors, il faut voir. Qu'est-ce que vous dites. vous, Herbelot ?

Herbelot. — Heuh ?... La cassation ?

Marchal. — Mais sous quel prétexte ?

Herbelot. — On en trouve toujours.

Francine. — Et l'avantage ?

Herbelot. Vous prolongez la lutte...

Éparvié. — Et les frais...

Herbelot. — Vous avez le temps de vous retourner, de réfléchir...

Francine. — Et si je perds ?

Marchal. — Vous perdrez. Alors, sommation de réintégrer le domicile conjugal. Art. 214 : « La femme est obligée d'habiter avec son mari et de le suivre partout où il juge à propos de résider. »

Francine. — Il m'enverrait chercher par les gendarmes ?

Marchal. — Peut-être pas. Mais il s'adressera aux tribunaux. Vous serez tenue d'obéir, frappée d'astreintes pécuniaires.

Francine. — Et si je refuse, la prison ?

Herbelot. — Non, mais les astreintes de plus en plus lourdes, écrasantes...

Francine. — Je puis quitter la France.

Marchal. — La sanction pénale vous suivra partout. Toutes les justices se soutiennent.

Francine. — Le monde est grand !

Herbelot. — Il est clair que si vous allez au bout du monde... Incognito surtout...

Francine. — Et Josette, dans tout ça ?

Marchal. — Ah ! Josette, c'est autre chose. On vous la prend, pour commencer.

Francine. — Qu'on y vienne !

Marchal. — Parfaitement. Art. 373 : « Le père seul exerce l'autorité dans le mariage. » Le commissaire de police lui prêtera main-forte au besoin.

Francine. — Mais le pourvoi en cassation ?

Herbelot. — Il n'est pas suspensif en matière de garde d'enfant.

Francine. — En sorte que demain ?

Marchal. — Que dès aujourd'hui, son père est en droit de venir la chercher. Où tout au moins, de faire appliquer strictement les conditions anciennes, jusqu'à ce qu'il en provoque d'autres....

Francine. — Lesquelles ?

Marchal. — Se faire attribuer, par référé (c'est l'affaire de vingt-quatre heures), la garde pleine et entière ; restreindre et limiter vos droits de visite, devant témoins, par exemple...

Francine. — Et voilà ce que l'on appelle la justice !

Mᵐᵉ Favié. — Mon Dieu, mon Dieu, qu'est-ce que nous allons devenir... N'y a-t-il pas un moyen... monsieur Herbelot ! (*A Marchal*) Mon ami, ne nous abandonnez pas !... Cherchez !

Herbelot. — Hélas ! madame, je ne vois rien.,

Marchal. — Si, peut-être !... Ma chère enfant

aʹvez-vous du courage? Vaincrez-vous votre orgueil, vos répugnances?... Oui, ce serait un
moyen... et rapide, je crois...

Francine. — Lequel?

Marchal. — Retournez chez votre mari.

Francine. — Oh!

Marchal. — On vous condamne à rester la
femme de cet homme. Bien. Démontrez l'absur-
dité... En quelques semaines, avec du sang-froid,
de la résolution... En le poussant à bout... vous
ramassez tous les griefs valables, injures graves
ou sévices... Et publiquement, cette fois!... Sans
parler même de l'adultère...

Herbelot. — Car vous pensez qu'il ne s'en
prive pas...

Francine. — Mais Josette?... Ah! non! C'est
au-dessus de mes forces... C'est peut-être sage,
pratique, héroïque... Je ne pourrais pas. Ces
arrière-pensées, ces ruses... c'est un jeu trop
dangereux pour moi, pour lui... pour ma fille
surtout!

Mme Favié. — Mieux vaudrait encore une ré-
signation franche que cette parodie sacrilège!

Francine. — Ah! oui, la bonne petite vie pro-
posée par M. Morot-Le Hagre!... Non, non, tout
plutôt que cela! Et vous, monsieur Eparvié,
que me conseillez-vous?

Eparvié. — Si j'osais me permettre un avis,
madame, ce serait de songer au plus pressé.

Francine. — Josette!... Oui.

Mme Favié (à sa fille). — Que prétends-tu
faire?

Francine. — Mon devoir!

Marchal. — Eparvié a raison. Du moment
que Francine refuse de se soumettre, il faut que
l'enfant soit à l'abri.

Mme Favié. — Un enlèvement!

Herbelot. — Ou alors, rendez Mlle Rosette,
pardon, Josette.

Francine. — Non! sa santé physique, morale...

Mme Favié. — Ah! quel calvaire!

Marchal. — Voici ce que je vous propose. Le
Hagre va prendre l'offensive. Devançons-le... Je
vous offre de partir dès ce soir, avec Josette.

Francine. — Pour où?

Marchal. — Eh bien, mais... la Suisse... c'est
le plus près...

Mme Favié. — Et nous?

Marchal. — Francine prendra le temps d'exa-
miner ce qu'elle doit faire. Quant à Josette, elle
aime son vieil ami. Un voyage ne l'effrayera pas...

Mme Favié. — Mais vous, monsieur Herbelot,
qu'est-ce que vous en pensez?

Herbelot. — C'est selon, madame. En tant
qu'avoué, je ne puis décemment me prêter à cet
arrangement, qui tourne la loi. En tant qu'homme,
je suis bien forcé d'admettre le pis-aller. Le parti
de madame votre fille est pris. Il n'y a plus le
choix.

Marchal. — Adieu, ma chère amie. Je cours
régler quelques affaires, m'assurer de l'heure de
l'express. A ce soir, avant dîner.

Herbelot. — Je pars avec vous.

Mme Favié. — Et moi, je vais préparer
Josette... Ah! mon Dieu, que d'événements!...

Marchal. — A tout à l'heure.

Herbelot (double salut). — Madame!...

*Ils sortent.*

---

## SCÈNE IV

Francine, Eparvié.

Francine (*passant la main sur ses tempes*).
— Ah! comme je suis lasse! Je suis à bout...
Tout est fini.

Eparvié. — Fini?... Oui, fini de cette souffrance-
là!... Est-ce que rien est fini, tant qu'on respire?...
On croit souvent tâtonner dans la nuit. Déjà c'est
un autre jour qui commence... A votre âge,
madame, est-ce qu'on peut désespérer du lendemain?

Francine (*avec colère*). — Et que voulez-vous
que m'apporte demain?... Non, c'est fini! On ne
vit pas impunément de pareilles heures!... On n'a
pas coudoyé chaque jour, pendant des mois, des
années, les vilenies, la lâcheté, l'impitoyable
égoïsme! On ne descend pas à cet air vicié, à ce
fond d'âme, sans en garder pour toujours une
nausée... Ah! quelle existence, mon ami, depuis
la première iniquité, le jour fatal de l'accident de
Josette!... Ces élans d'espoir, ces rechutes
soudaines, ce sursaut perpétuel de rages et d'abat-
tements... Car on a beau se rompre à l'injustice,
on ne s'y habitue pas. Et dire que maintenant
c'est fini! fini!... Ah! voyez-vous, il y a de quoi
briser un cœur plus fort que le mien...

*Elle se met à pleurer, silencieusement, abat-
tue contre le dossier de sa chaise. Elle pleure à
petits sanglots, d'une détente nerveuse. Eparvié
s'approche d'elle et lui prend les mains.*

Eparvié (*bouleversé*). — Madame!...

Francine. — Cela me fait du bien... J'ai honte
d'être si faible...

Eparvié. — Et qui ne succomberait à votre
place?

Francine. — C'est passé déjà...

Eparvié. — Votre faiblesse n'émeut pas moins
que votre force.

Francine. — Je n'ai pas de force. Je suis
comme quelqu'un qui vient de rouler au fond d'un
gouffre, et qui s'éveille, broyé, dans une lumière
nouvelle... Je ne me reconnais pas encore...
J'éprouve un grand malaise, un reste d'incertitude
qui m'oppresse... Que vais-je devenir?

Eparvié. — Courage!

Francine. — Comme vous avez bien fait de revenir! Vous allez pouvoir m'aider, me conseiller.
Cette heure décide de ma vie. Que dois-je faire?

Eparvié, (*après une hésitation*). — Ce serait
une insulte que de vous rappeler le conseil de
Marchal : obéir à l'arrêt, tenter un simulacre de
vie commune, d'où jaillirait une libération possible.

Francine. — Ce serait déshonorant, et fou!

Eparvié. — Alors la cassation... Il est vrai que
Josette, dès aujourd'hui, devrait continuer ses
odieuses visites...

Francine. — Non ! non ! Assez de duperie comme cela !

Eparvié (*hésitant*). — Herbelot vous l'a dit : Cela vous donnerait le temps de réfléchir, de prendre un parti... Vous restez sous l'abri de la Loi.

Francine. — Je hais la loi ! Cette loi barbare, qui m'écrase au lieu de me protéger...

Eparvié. — Ah ! si je ne craignais pas que vous ne parliez ainsi que dans votre colère !... Si j'étais sûr que vous ne cédez pas à un emportement passager...

Francine. — Eh bien !

Eparvié. — Je vous dirais... Mais j'ai peur de paraître penser à moi... quand je ne pense qu'à vous... Les mots affluent à mes lèvres... Et je n'ose pas... J'affronterais tout au monde plutôt que l'idée de vous offenser à cette seconde.

Francine. — Vous ne pouvez pas m'offenser.

Eparvié. — Ah ! Francine !... Ce cri du cœur, que je retiens, comme à un autre moment j'aurais été heureux de vous le laisser entendre !... Ai-je le droit de parler ?... Est-ce que tout ce que je puis vous dire ne vous blessera pas, dans votre âme meurtrie, dans cette dépendance où vous êtes encore ?...

Francine. — Non ! Non !

Eparvié. — Si vous alliez vous méprendre au sentiment qui m'entraîne... Si ce que vous eussiez peut-être écouté libre...

Francine. — Parlez, J'ai foi en vous.

Eparvié. — Ah ! je me suis tu si longtemps ! Vous aviez vos chagrins. Pourquoi vous eussé-je importunée de ma peine ? Et cela remonte à si loin ! Croyez-vous que je vous ai oubliée jamais ? Est-ce que vous êtes de celles qu'on oublie ?... Quand vous avez eu fait choix d'un autre, je ne vous en ai pas voulu, c'était ma faute. Je n'avais pas su me faire remarquer.

Francine. — J'étais une enfant !

Eparvié. — J'étais déjà vieux ! Je suis parti, et votre image avec moi. Je vous l'ai dit... elle ne m'a pas quitté... Dans mes soirs de détresse, je me plaisais à vous revoir, gaie, souriante, portant le bonheur avec vous. Vous étiez dans le passé, et votre souvenir parfumait le présent. Vous étiez l'âme des paysages. Vous peupliez ma solitude, comme le fantôme de ma jeunesse... Et puis je suis revenu... je vous ai vue malheureuse... J'ai retrouvé mon unique amour, épuré, grandi, plus ardent que jamais... Oh ! je me suis défendu. Je me disais : elle n'est pas libre encore, et puis elle est tellement plus jeune ; tant de beauté, d'intelligence, de grâce... Tu n'es pas digne de tout cela... Est-ce qu'un pareil trésor peut tomber dans tes mains rudes !...

Francine. — Hélas !

Eparvié. — Vous le dirai-je ? Plus je vous voyais souffrir, seule, avec votre mère si faible et si bonne, sans un appui, sans protection vraie, plus m'attendrissait une immense pitié... Vingt fois j'ai failli me jeter à vos pieds, m'offrir, comme votre bien, votre chose... Ah ! ce droit de vous servir, comme un mari, et de vous faire respecter Josette et vous comme un père, je l'eusse payé, je

le payerais de mon sang... Quel supplice que de voir frapper, par une injustice atroce, celle qui vous est plus chère que tout, de la voir martyriser à toute minute, et de ravaler sa rage, en suis là, je silence, quand tout votre être voudrait crier : Je vous aime !...

Francine (*répétant, comme sans comprendre*). — Je vous aime...

Eparvié. — Oui, je vous aime... Ces mots que vous répétez d'une voix machinale, ainsi qu'une phrase désapprise, comme je voudrais y mettre mon infini respect, ma passion tendre, le dévouement qui vers vous m'attire, irrésistiblement !

Francine. — Mon ami !

Eparvié. — Comme je voudrais vous donner mieux que le peu que je vous donne, vous apporter un cœur plus jeune, une volonté plus forte, comme mes quarante ans me pèsent aujourd'hui !

Francine. — L'heure est grave. Les mots que nous disons lient à jamais. Avez-vous assez réfléchi ? Est-ce que ce n'est pas votre pitié qui vous emporte ?

Eparvié. — Vous ne le croyez pas,

Francine. — J'ai tant souffert ! J'arrive si lasse, à un tournant si brusque .... Je ne voudrais pas me tromper.

Eparvié. — Je ne mérite pas votre doute !

Francine. — Comprenez mieux, j'ai peur de vous moins que de moi... Oui, je doute... Je doute de pouvoir répondre à votre tendresse, comme elle le veut. Vous vous donnez entier ! Est-ce que je mérite, moi, un semblable don ? Je suis touchée à pleurer, et je crains qu'en moi soit tarie jusqu'à la source des larmes... Je me sens amoindrie, vieillie... Oui, mes chagrins m'ont faite vieille... Je ne suis plus celle que vous avez connue. J'ai perdu ma foi, mon enthousiasme, la divine faculté de croire ! Je suis déshabituée d'aimer ! J'en ai presque peur. Je le voudrais. Saurai-je ?

Eparvié. — Francine !

Francine (*un court silence. Les yeux dans les yeux, gravement*). — C'est toute votre vie que vous m'offrez ?

Eparvié. — Toute ma vie.

Francine (*simplement*). — Je la prends.

Eparvié. — Elle ne suffira pas à vous remercier. D'un mot, jusqu'à mon dernier jour, vous venez de me faire le plus heureux, le plus orgueilleux des hommes ! Comment reconnaître jamais tant de délicate bonté, votre cher abandon... Vous vous dites vieillie, amoindrie... Mais regardez autour de vous. Le ciel resplendit... Les arbres verdoient... Le printemps pousse... Vous avez en vous toute la jeunesse ! Que dirai-je de moi ? Usé, blanchissant... Tant d'années perdues, de bonheur gaspillé... Tout le temps vécu loin de vous, et que rien ne peut plus me rendre !

Francine (*sourire las*). — C'est le passé !

Eparvié. — Amie, cher cœur blessé, qui vas guérir !

Francine (*avec une tendresse fébrile*). — Grâce à vous ! A vous toujours... je puis l'avouer, à présent. Que de fois votre regard m'a donné du courage. Au début je me rebellais, soupçonneuse... Tous les hommes me faisaient horreur... L'idée d'aim..., c'... aimée m'eut révoltée, outragée to te... Et puis je vous ai vu si bon, si simple, si aff...ueux... ça me changeait... je m'y suis faite... Maintenant, ne changez plus ! C'est pour toujours.

Eparvié (*lui baisant les mains*). — Pour toujours.

Francine (*gardant étroitement ses mains*) — Ah ! quelle ivresse de pouvoir respirer, de sentir que l'avenir nous garde des jours meilleurs, qu'avec vous, avec Josette, demain me paiera des souffrances d'hier... Enfin ! me voilà donc sortie du cauchemar où depuis des mois je me débattais, j'agonisais... Tout cela est oublié... Je me suis reprise. Je suis à moi. Je suis à vous !... Demain, demain... Oh ! oui, nous serons heureux !... Je veux vivre !... Si vous saviez quelle force vous donnez, comme je suis contente. de sentir mes mains dans les vôtres ! J'ai pris votre vie. Je vous donne la mienne.

Eparvié. — Ma Francine !

Francine. — Oui, vôtre... Si vous saviez quel bien me faites ! ...Comme je vous suis reconnaissante de m'aimer, de me soutenir, d'être là... Sans vous, ah ! sans vous... qu'est-ce que je deviendrais...

Eparvié. — Courage !

Francine. — J'en aurai... Oui, je veux, je...

Eparvié. — Qu'avez-vous ?

Francine. — (*Voix lasse, de fièvre tombée*). Ah! C'est affreux. (*Sanglots nerveux.*)

Eparvié. — Chère amie !

Francine. — Tout à l'heure mon exaltation me soutenait... votre tendresse... Je sors d'un rêve... toute l'horrible réalité me ressaisit... ma fille !... Et cet homme qui peut tout... qui est le maître... Qu'est-ce que nous allons faire, maintenant ?...

Qu'est-ce que nous allons faire ?... (*Bruit de porte. Ils se séparent. Mme Favié revient, par la gauche.*)

———

### SCÈNE X.

Les mêmes, Mme Favié.

Mme Favié. — Josette est en train de ranger ses affaires dans sa chambre, avec Nanon... Pauvre chérie. Elle ne se doute de rien. (*Elle perçoit au silence et à l'air d'Eparvié et de Francine quelque chose d'insolite.*)... Mais...

Francine. — Mère...

Mme Favié. — Qu'y a-t-il !... Ah !... Je devine... Ce que je craignais tant ! Votre cœur a parlé !

Eparvié. — Madame...

Mme Favié. — Je n'estime personne autant que vous... (*A Francine.*) — Je n'aime personne plus que toi... Mais dans un tel malheur... Ah ! pourquoi, pourquoi avez-vous dit les mots irréparables... Tu ne t'appartiens pas !... Maintenant moins que jamais... Vous ne deviez pas... Vous n'aviez pas le droit !... Imprudents, qu'avez-vous fait ? Qu'allez-vous devenir ? Et Josette...

Eparvié. — Son départ avec Marchal nous donne un peu de répit...

Mme Favié (*violemment*). — Et après ?

Eparvié. — A chaque jour sa peine.

Francine. — Ah ! c'est odieux, ce déchirement, cette impuissance. Avoir souffert tout cela pour rien...

Mme Favié. — Moi qui te croyais au bout ! Et ce n'est que le commencement.

## ACTE III

### SCÈNE I

Mme Favié, Marchal, Tartre.

Tartre (*debout, très froid, le chapeau à la main.*). — Puisque Madame votre fille ne peut ou ne veut me recevoir, c'est donc à vous, madame, que je ferai connaître les conditions de son mari. Vous voudrez bien les transmettre.

Mme Favié. — Mais en quelle qualité, monsieur ?

Tartre. — Oh! rien de l'avoué, madame!... Sans cela, je me fusse borné, par écrit, à signifier... Non, c'est encore en ami, en vieil ami de mon client que... pour la dernière fois...

Mme Favié. — M. Morot-Le Hagre parlait hier d'une autre sorte.

Tartre. — Hélas, madame! Le ton de la réponse qui lui a été faite, dicte le mien. L'heure des conseils amicaux est passée. C'est un ordre que je suis chargé...

Mme Favié. — Un ordre!

Tartre. — Mettons, si le mot vous choque, une... invitation. M. Le Hagre n'ose, à vrai dire, espérer que sa femme consentira à réintégrer, du jour au lendemain, le foyer qu'il lui a plu de quitter; mais, en revanche, il exige que sa fille lui soit conduite demain matin, pour compenser la visite dont il a été privé hier. J'ai mission également de vous déclarer que, nonobstant toutes mesures de recours en cassassion, dont Mme Le Hagre prétendrait jouer, introduction a été faite par mes soins, dès aujourd'hui, d'une demande en référé, pour que, dès demain, les droits de garde soient, selon la loi, remis au père et les droits de visite de la mère strictement limités, dans la mesure que le tribunal appréciera...

Mme Favié. — Votre commission sera faite, monsieur.

Tartre. — Et... la réponse...

Mme Favié. — C'est tout ce que je puis vous dire.

Tartre. — Cependant...

Mme Favié. — Je vous répète que Mme Le Hagre est absente... et que c'est à elle seule de décider, mais je doute... ou plutôt je suis sûre.

Tartre. — A son aise. Son mari saura dans un instant... Madame, j'ai bien l'honneur... Monsieur... (*Il sort.*)

### SCÈNE II

Mme Favié, Marchal

Mme Favié. — Eh bien ?

Marchal. — L'engrenage.

Mme Favié. — Ils n'ont pas perdu de temps !... Je n'ai pas ma tête, je ne sais plus où j'en suis... Francine est chez le notaire. Elle va revenir... Quelle existence ! Et encore vous ne savez pas tout... Oui, depuis qu'ils ont décidé que vous ne partiez plus de suite, avec Josette... Francine... *Elle hésite. Regard affecteux et franc de Marchal. Elle devine.* Ah! Vous avez vu Eparvié?

Marchal. — Oui.

Mme Favié. — Alors...

Marchal, (*gravement*). — Il m'a dit.

Mme Favié. — Ah !... vous savez...

Marchal. — Je sais.

Mme Favié. — Vous savez qu'ils ont résolu, malgré moi, d'emmener eux-mêmes cette pauvre petite, de s'en aller ensemble, tous les trois, de fuir, comme des coupables, comme...

Marchal. — Mon amie...

Mme Favié. — Oui, vous pensez comme eux ! Vous allez me dire... mais c'est plus fort que moi ! Non, non ! c'est impossible ! Ce malheur-là, ce serait pire que tout ! Je ne m'y résigne pas... Voyons, n'y a-t-il rien d'autre ? Que pourrions-nous faire ? Cherchez ! Rien ? N'y a-t-il donc rien ? vous ne voyez aucun biais, aucune issue ? La cassation...

Marchal. — Un leurre.

Mme Favié. — On aurait gagné du temps...

Marchal. — A quoi bon, si vous perdez Josette ?... Vous ne pensez pas qu'on puisse céder, la rendre à son père ?

Mme Favié. — Non, pas en ce moment, tout au moins...

Marchal. — C'est tout de suite qu'il la réclame. Plus tard même, accepteriez-vous ?

Mme Favié. — Je ne sais pas... j'ai peur de tout... La douleur... Le scandale... C'est insoluble...

Marchal. — Il faut en finir... La vie est intenable ici, pour Francine, du moment qu'elle veut, qu'elle doit protéger Josette. Elles ne dépisteraient pas longtemps la Justice. Et puis, songez donc, toujours se cacher chez l'un, chez l'autre...

Mme Favié. — Quelle puissance a donc cet homme ?

Marchal. — Celle de la loi, sourde, aveugle, impersonnelle. Toute la machine sociale est à ses ordres.

Mme Favié. — Alors.

Marchal. — Voyez le but ! Josette sauve, Francine libre !... Il n'y a plus qu'un seul, un grand moyen...

Mme Favié. — Partir ? Elle le peut. Toute ma fortune est à elle... Ah ! si elle partait seule, encore, ou avec moi !... Mais Eparvié ! comprenez-vous !... Et Josette !...

Marchal. — Oui, je comprend votre torture... Tout ce qui saigne au fond de votre cœur de mère, de grand'mère...

Mme Favié. — Et de femme !... Je ne me fais pas à votre morale nouvelle... J'ai vécu avec un autre idéal... Je m'y suis sacrifiée tout entière... (Marchal hoche la tête)... Vous le savez mieux que personne, ami. J'ai repoussé la main que vous m'avez tendue, autrefois ! J'ai plié mon existence selon une règle que j'ai cru bonne ! J'ai fait silence dans mon cœur... Et je devrais vous en croire aujourd'hui ! Mais si vous dites vrai, si c'est eux qui ont raison, j'aurais donc perdu ma vie !... Tout chancelle... Non, je n'ai pu me tromper de la sorte...

*Timbre dans l'antichambre.*

## SCÈNE III

### Les mêmes, Francine.

Mme Favié. — Je tremble à chaque coup de sonnette.

Francine *(elle entre en coup de vent, pose son chapeau, son manteau sur une chaise, et s'asseoit, haletante).* — J'ai monté vite.

Marchal. — Eh ! bien ?...

Mme Favié. — Tu sais...

Francine *(très calme).* — Oui, j'ai vu Tartre, en bas...

Mme Favié. — Il t'a dit ?

Francine. — Oui.

Mme Favié. — Et tu as répondu ?

Francine. — « Si M. le Hagre veut Josette, qu'il vienne la chercher. »

Mme Favié. — C'est qu'il est capable de venir.

Marchal. — Et tout de suite !

Francine. — Je l'attends.

Mme Favié. — Francine !... Non, tu ne le verras pas ! Sois raisonnable ! Tu me fais peur.

Francine. — Si tu avais comme je suis calme... Je n'aurais peur que d'une chose... M. Eparvié n'est pas là ?

Mme Favié. — Non, pas encore !

Francine. — Tant mieux...

Mme Favié *(comprenant).* — Ah ! Pourvu qu'ils ne se rencontrent pas...

Marchal. — Je viens de le quitter au Crédit Lyonnais... Il allait venir.

Mme Favié. — Mon Dieu !

Francine *(à Marchal).* — Ah !... vous savez donc ?

Marchal *(lui baisant la main).* — Tout. Et je voudrais que vous me permettiez de vous offrir toute ma vieille tendresse, dans ce triste baiser,

comme j'ai été heureux de lui donner toute mon amitié, dans une poignée de mains.

Francine. — Mon cher Marchal...

Mme Favié. — Et le notaire ?

Francine. — Ah ! oui, le notaire.... Eh ! bien, c'est très simple. Sans la signature de M. Le Hagre... je ne puis disposer de rien, rien liquider... rien vendre. Ma dot est sous la confiscation, sous le contrôle, si tu veux ; de mon mari. *(A sa mère.)* Sans toi !... *(à Marchal.)* Sans les vingt mille francs que je viens de toucher, en son nom, je serais à la rue.

Marchal. — Ce n'est pas gentil d'oublier ses amis.

Francine. — Merci !... Ah ! l'argent est une belle chose ! Tout de même, bien nous prend d'en avoir... Car si pareille aventure arrivait à de pauvres gens, que feraient-ils ?

Marchal. — Je vous le demande.

*Timbre dans l'antichambre. Tous se taisent, écoutent, inquiets, l'oreille tendue.*

Marchal. — Ce n'est pas lui...

Francine. — C'est Eparvié...

Mme Favié. — Quel supplice !

## SCÈNE IV

### Les mêmes, Eparvié, puis Nanon et Josette.

*Eparvié baise la main de Mme Favié et celle de Francine, serre la main de Marchal.*

Eparvié *(à Francine).* — J'ai les renseignements : Genève, Hôtel Beaurivage. Quant aux villas, nous en trouverons à louer, au bord du lac.

Mme Favié. — Vous vous installeriez....

Marchal. — C'est ce qu'il y a de mieux à faire...

Eparvié. — Le temps que la procédure suive...

Marchal. — Francine aura le temps de séjourner, d'un canton à l'autre...

Mme Favié *(à Eparvié).* — Tout est donc décidé ?

Francine. — Les événements décident pour nous.

Mme Favié. — Et Josette !... Vous avez bien réfléchi ?... Vous êtes sûrs que vous ne la sacrifiez pas, qu'elle ne va pas être la première à souffrir...

Francine. — Josette ?

Josette *(dans la coulisse).* — Si ! Si ! Je veux lui parler.

Nanon *(sur le seuil).* — Voyons, mademoiselle !

*(Josette entre, avec du linge sur les bras. Elle court à sa mère).*

Francine *(à Mme Favré).* — Ecoute-là !

Josette. — Maman, est-ce que j'emporte toutes mes chemises ?

Francine. — Mais oui, toutes.

Josette. — Alors, c'est un grand voyage !

(*à Nanon*). Tu vois bien ! (*à Mme Favié*). Oh ! que je suis contente !...

Francine. — Va, va, mignonne, ta malle ne sera pas prête !

Josette (*sautant de joie, en sortant.*) Si ! si !... Un grand voyage, comme c'est amusant !

Francine (*à Mme Favié*). — Tu entends, mère ?

Mme Favié. — Ah ! les enfants !

Marchal. — On souffre toujours assez tôt !

*Timbre dans l'antichambre. Au même moment, Nanon réapparaît, bouleversée.*

Eparvié. — Eh bien ! qu'y a-t-il ?

---

### SCENE V.

Les mêmes, Nanon, rentrant.

Nanon. — C'est Monsieur !

Francine. — Ah !

Eparvié. — Le misérable !...

Nanon. — Je l'ai aperçu par la fenêtre... Il a son mauvais air... La petite n'a rien vu, elle vient de rentrer dans sa chambre.

Mme Favié. — Mon Dieu, c'est épouvantable !

Francine (*à Nanon*). — Vite, retourne près d'elle... Allez-y aussi, Marchal... Enfermez-les... Restez devant la porte.

*Nanon et Marchal sortent en hâte. Bruit de voix.*

Eparvié. — Nous allons bien voir !

Francine. — Je m'en charge... Laissez-moi.

Mme Favié. — Venez !

Eparvié. — Mais... Je vous...

Francine. — Vous vous abaisseriez !

Mme Favié (*hors d'elle*). — Là, là, dans le petit salon.

Francine (*les poussant*). — Je vous en supplie. Si vous m'aimez, soyez calme... Pas un mot, pas un geste... Ce ne serait digne ni de vous, ni de moi.

Mme Favié. — Je vous en prie...

*Elle l'entraîne précipitamment dans le petit salon, dont la porte, à droite, reste ouverte.*

La Femme de chambre (*à la porte, barrant le passage.*( — Mais puisque je vous dis...

Le Hagre (*violemment*). — Allons ! Allons ! voyons, fichez-moi la paix !

*Il entre, aperçoit Francine debout, seule au milieu du salon. Elle le toise. Il s'arrête.*

---

### SCENE VI.

Francine. — Que venez-vous chercher ici ?

Le Hagre (*élégant, pas changé. Voix tremblante de colère, qui peu à peu se domine.*) — Ma fille d'abord !... Charmé de vous voir aussi... Et seule !... Je n'espérais pas... car d'habitude, si je suis bien informé... Mais puisque j'ai le plaisir de vous rencontrer sans vos... amis, j'en profiterai pour m'expliquer si vous le permettez, plus tranquillement, plus à fond.

Francine (*se maîtrisant, ironie hautaine*). — J'écoute.

Le Hagre. — Oh ! je ne m'attends pas, après l'accueil que mes messagers ont trouvé près de vous, à une réponse plus heureuse. Cependant, puisque j'ai l'occasion de tenter moi-même l'épreuve, la bonne fortune de pouvoir vous entretenir sans intermédiaire, pour la première fois depuis deux ans... puisque vous consentez à m'écouter...

Francine. — Au fait !

Le Hagre. — Allons, je vois que j'aurais tort de me bercer d'illusions ! Moi qui allais vous redire tout bêtement : « Nous nous sommes fait beaucoup de mal. Pardonnons-nous, revenez, la porte est ouverte... Elle vous le sera toujours... » C'est entendu, je m'égare. Parlons raison. Vous ne prétendez pas retenir indûment Josette ?

Francine. — Si !

Le Hagre. — Ah ! bah !

Francine. — Qu'est-elle pour vous, cette petite ? Rien qu'un instrument de torture, une arme que vous vous souciez peu de briser, pourvu qu'en me l'arrachant, vous me blessiez d'abord !

Le Hagre (*hausse les épaules et continue*). — En la gardant vous avez manqué hier à la convention imposée par le tribunal. En me la refusant aujourd'hui vous manqueriez à des devoirs plus impérieux encore... aux droits que la loi, vous ne l'ignorez pas, vient de me confirmer... Et je manquerais, moi, aux devoirs que l'autorité paternelle...

Francine. — Je vous admire.

Le Hagre. — Vous êtes trop bonne... J'entends que vous me remettiez immédiatement Josette, de vous-même... Sinon...

Francine. — Le commissaire de police ?

Le Hagre. — S'il le faut !

Francine. — Et que la secousse que vous lui causeriez, de l'émotion peut-être mortelle, votre fille soit la première frappée, peu vous importe !... Vous ne vous attardez pas à cette considération ? Vous auriez le corps, à défaut de l'âme !

Le Hagre. — Je vois que vous vous exagérez toujours l'importance des choses... Revenons au fait, comme vous dites. Je ne suis pas venu pour discuter, mais pour être obéi.

Francine. — Alors, sincèrement, vous vous crayez le maître ?

Le Hagre. — De Josette, à coup sûr.

Francine. — Et de moi ?

Le Hagre. — Je crains que votre recours en cassation ne soit rejeté d'avance.

Francine. — Et alors ?

Le Hagre. — Je pense que maintenant vous connaissez la loi.

Francine. — Je la connais, et je vous connais aussi... Mais que vous me connaissez donc peu !... Ainsi vous m'avez trahie, trompée vilainement, salement. Vous avez répandu sur moi l'insulte, la cals nnie, ce qui ne vous empêche pas de me trouver bonne à garder quand même, pour mon argent !...

Le Hagre. — L'argent, l'argent ! Vous n'avez que ce mot à la bouche !

Francine. — Et parce que la loi est votre complice !... Oui, parce que vous avez avec vous cet auxiliaire, ce bourreau, vous croyez que vous allez m'avoir par dessus le marché, moi, ma pensée qui vous méprise, et ma chair qui vous hait !... Vous croyez que vous n'avez qu'à agiter cet épouvantail, et que je vais m'incliner, docile, vous abandonner ma fille, son avenir, sa vie, la mienne !... Allons donc ! Je ne dépends plus que de moi, de ma volonté. Là-dessus vous n'avez pas de prise ! Un être humain en vaut un autre. Il suffit qu'il en ait conscience !... La loi ! dites-vous ! J'en ai eu longtemps le respect, je n'en aurai plus le préjugé. Je vivrai hors la loi, voilà tout, puisqu'elle m'y force. Tant de gens vivent au-dessus d'elle.

Le Hagre. — C'est fort bien. Encore ne vit-on pas que de l'air du temps. Vous ne prétendez pas que je continue à subvenir, dans ces conditions... Votre fortune est celle de votre fille... Cette situation m'imposera des devoirs...

Francine. — Que vous saurez remplir !... Oui, l'argent, toujours ! Gardez-la donc, cette rançon de ma souffrance, cette cause de ma misère ! Gardez-la, cette misérable fortune puisque c'est à elle que vous êtes cramponnée, et que vous vous cramponnez encore !

Le Hagre. — Vous ne serez pas embarrassée pour trouver d'autres ressources... (*Regardant à droite et à gauche.*) Madame votre mère... et... Monsieur... Comment donc ?

Francine (*à Le Hagre*). Vous dites ?.

Le Hagre. — Nous nous égarons. La colère est mauvaise conseillère... Ecoutez-moi. Vous méconnaissez mes sentiments... Au fond, je suis venu avec d'excellentes intentions... La guerre est finie. Pourquoi ne pas essayer de conclure la paix ?... Si vous vouliez, je serais prêt à oublier bien des choses, à vous prier d'en faire autant... Je ne me fais pas du mariage l'idée que vous supposez... Si je le considère comme un sacrement indissoluble, si je crois qu'il ne dépend pas plus de nous que de la loi de le rompre, c'est que j'estime qu'on peut n'y pas porter, précisément, cette rigueur et cet esprit d'inimitié dont vous parlez... La charité chrétienne, la faiblesse inhérente à notre condition veulent qu'on s'y passe l'un à l'autre beaucoup... qu'on apporte, chacun, une certaine largeur d'idées, une... tolérance, qui rende plus faciles les rapports... enveloppe bien des choses... Tant de ménages ne demeurant unis, aux yeux du monde, qu'en usant de cette précaution nécessaire... Moi-même, je serais le premier, je vous jure, à donner l'exemple... Ainsi, l'on garde une attitude dont la dignité écarte tout scandale, satisfait aux convenances... les enfants grandissent avec un nom respectable, respecté... les intéressés peuvent être heureux. La société est contente. Tout le monde y gagne.

Francine. — Je vous ai laissé parler. Vrai, vous êtes immonde. Et je ne sais ce qui m'étonne le plus, de votre inconscience ou de votre audace... Mais quelle idée vous faites-vous donc de moi ?... Que représentent pour vous la pudeur, l'honnêteté, l'honneur ? Je savais qu'il y a beaucoup d'âmes assez basses pour penser comme vous. Je ne croyais pas qu'il pût y en avoir une seule pour oser le dire !... Et maintenant, assez de phrases ! Vous n'êtes rien ici. Sortez !.

Le Hagre. — Vous regretterez...

Francine. — Je ne regrette qu'une chose, c'est de ne pouvoir, comme vous le méritez, vous jeter assez à la face mon mépris ! C'est de ne pouvoir vous marquer au fer, avec des mots qui brûlent ! C'est de ne pouvoir vous dire à quel point d'horreur votre présence me révolte, votre vue me dégoûte !... Ah, pour le mal que vous m'avez fait, pour celui que vous avez fait à Josette, soyez maudit ! c'est vous qui m'avez appris à douter de la vie, à désespérer de tout ce que j'aimais au monde. Je ne me laverai jamais de cette souillure !... Mais puisse l'avenir m'apporter ma revanche, puissiez-vous être malheureux, souffrir à votre tour !

Le Hagre. — Et qui vous dit que je n'ai point souffert ?

Francine. — Ah ! puissiez-vous dire vrai !... Puissiez-vous souffrir encore !... Souffrir dans votre fille d'abord, dans votre fille qui ne vous aimera jamais ! Oui, souffrir par Josette, dont la froideur ne verra plus en vous qu'un étranger, un ennemi... Et souffrir par moi, si mon dédain, si l'idée que je puis en aimer un autre...

Le Hagre (*menaçant.*) — Madame !

Francine. — Mais pourquoi me tairais-je ?... Vous le saurez ! Mieux vaut que vous le sachiez de suite, et par nous... Cela seul est franc, digne de notre libre choix. (*Elle est allée à la porte du petit salon, l'ouvre violemment, et fait signe à Eparvié, qui entre, se met à ses ordres. Mme Favié reste debout, épouvantée, sur le seuil. Francine montre Eparvié. A Le Hagre.*) Voilà l'homme que j'aime !... Vous le connaissez... Monsieur Eparvié, mon amant... Monsieur Le Hagre, mon mari !

Mme Favié (*scandalisée et terrifiée.*) — Francine !

Francine (*insultante.*) — Aussi bien vous n'aviez pas attendu, je crois, pour en faire bruit !

Le Hagre (*ne sachant quelle contenance tenir, vert, à Eparvié :*) — Monsieur...

Eparvié (*insolence froide*). — Avez-vous encore quelque chose à faire ici ?

Le Hagre (*bégayant de fureur.*) — C'est un guet-apens !... Je ne suis pas assez naïf pour me commettre avec vous... Je ne vous ferai pas ce plaisir... Mais on me pousse à bout. C'est bien. J'ai d'autres armes... Et d'abord, je prendrai Josette, ma fille est à moi, je vous prendrai Josette !

*Il sort comme un fou, par le fond.*

———

## SCENE VII

Eparvié (*à Francine*). — Je viens de vous faire le plus grand sacrifier de ma vie.

Francine (*tremblante encore*). — Je le sais. Merci.

Eparvié. — Je me demande ce qui m'a retenu... Comme j'ai ressenti votre haine... repassé par toutes vos souffrances.

Mme Favié. — Et maintenant?...

Francine. — Ah! maintenant (*Elle va à la porte de gauche, elle appelle*). Marchal!... (*Dès qu'il entre.*) Et Josette?

---

## SCENE VIII

Marchal (*montrant la clef*). — Enfermée avec Nanon... Elle ne s'est aperçu de rien...

Francine. — Vous avez entendu?

Marchal. — A peu près.

Mme Favié. — C'est affreux... Des agents vont venir...

Marchal (*tirant sa montre*). — Non. Il est six heures et demie. L'heure légale est passée; la justice chôme.

Eparvié. — Josette est insaisissable, jusqu'à demain matin.

Francine (*geste qu'elle sera loin*). — Et demain!...

Marchal. — L'express est à 9 heures 53. Gare de Lyon.

Eparvié (*à Francine et à Mme Favié*). — Je vous laisse. Le temps d'aller chez moi. Je vous retrouve à la gare.

Mme Favié. — Mais...

Marchal. — Je descends avec vous... Attendez!... (*Il montre la porte de gauche.*) Par là... Que je rende la liberté à la mignonne, et que je l'embrasse, en passant.

Eparvié (*aux deux femmes*). — A tout à l'heure.

*Ils sortent au fond, accompagnés par Francine. Elle sonne. (A la femme de chambre).*

Francine. — Apportez-moi mon sac.

---

## SCENE IX

Francine, Mme Favié

Mme Favié. — Votre parti est pris? C'est irrévocable?

Francine. — Que veux-tu que je fasse?

Mme Favié. — Non, ce n'est pas possible: non, tu ne peux pas partir ainsi!

Francine (*très calme*). — Préfères-tu qu'on m'enlève Josette? Ou, pour ne pas la perdre, dois-je l'accompagner chez mon mari, reprendre la place qu'il vient de m'offrir?

Mme Favié. — Ah! Tout vaudrait mieux...

Francine, ne pars pas... En ce moment, on te plaint; demain il n'y aura qu'une voix pour te blâmer.

Francine (*avec tendresse et douleur.*) — Je prévoyais tes objections. Je ne m'attendais pas à ce conseil! Que tout ce qui te lie au passé, tes principes, tes convictions religieuses, l'idée que tu te fais de l'honneur, la peur que tu as de l'opinion, que ce débat te trouble et te désole, il le fallait... Mais que ce soit à cela que tu aboutisses. Toi tu as vécu ces deux années cœur à cœur avec moi!

Mme Favié. — Cela ne m'empêche pas...

Francine. — Mais ce n'est pas toi qui parles, chère maman, c'est le double qui est au fond de chacun de nous! C'est ta vie de résignée, c'est ta personne sociale!... Ah! quelle douleur, tant s'aimer, et si peu se comprendre!... Mais, ce parti qui t'épouvante, est-ce que tout ne m'y accule pas? Hors de France, qui m'y jette, sinon la nécessité, allons, tu le sais bien, de sauvegarder Josette? Hors la loi, qui m'y pousse, sinon la dureté même de la loi? Qui me chasse de ce qu'on est convenu d'appeler le devoir, sinon le devoir le plus impérieux de tous, celui de ma conscience!

Mme Favié. — Et le conseil de ton orgueil?

Francine (*s'animant*). — De mon orgueil, soit. Plutôt que de me voir rompre en visière avec le monde, déchirer le voile menteur des convenances, préfères-tu, vraiment? que je rentre, demain, dans la maison salie?... Et si même j'y ramenais discrètement Eparvié, rien de mieux, peut-être?... Les apparences seraient sauves! Il n'y aurait encore qu'une voix, mais pour me louer... Que je parte au contraire, bravement, le cœur brisé, le front haut, quelle horreur!... Car la faute n'est rien, le scandale est tout. Car la jeune fille qui dispose de soi en faveur d'un homme qu'elle aime est vouée à l'opprobre et aussi la femme qui déclare un amant, mais non celle qui en prend plusieurs en secret... Mon orgueil?... Certes! Si c'est de l'orgueil que de souhaiter pour nous plus de propreté, oui, plus de vraie propreté, plus de dignité, plus de responsabilité dans l'amour!

Mme Favié. — Et cela ne te fait rien qu'on dise : Elle est partie avec son amant? Car demain, ce sera le bruit public. Ta bravade de tout à l'heure...

Francine. — Sera ma fierté de tous les jours!... Le bruit public? Eh bien, il aura dit d'avance la vérité, voilà tout.

Mme Favié. — Tu oses plaisanter... Ton amant!

Francine. — Oui, mon amant, puisqu'il n'y a pas d'autre terme que ce mot, dont les imbéciles, les envieux, les hypocrites flétriront notre tendresse si haute; oui, mon amant, puisque le nom de mari, avec les prérogatives qui s'y rattachent : affection loyale, fidélité, protection, est réservé à l'honorable M. Le Hagre. Oui, mon amant, mon amant!

Mme Favié. — Oh! Francine!

Francine. — Mère, en suis-je, en serai-je moins une honnête femme?

Mme Favié. — Ah! Je ne sais pas!... Je ne sais plus où est le bien, le mal...

Francine. — Je t'aurai donc désespérée jusqu'à la fin!... Comme tu maudis ta Francine, n'est-ce pas?

Mme Favié. — Le puis-je? Je t'aime trop. A quoi me serviraient des reproches? Ta conscience, dis-tu?... La mienne juge autrement. J'ai été élevée avec d'autres idées, en un autre temps... Et pourtant, moi aussi, j'ai passé par les mêmes chagrins, hésité au même carrefour... Moi aussi, quand j'étais malheureuse, un excellent, un honnête homme m'a tendu la main... Tu avais l'âge de Josette... j'ai refusé... Je te plains, je t'adore, mais je ne puis t'approuver.

Francine. — Tu crois donc que je devrais repousser l'affection d'Eparvié? A cet homme qui sauve Josette, qui me sauve, je devrais dire : Allez-vous-en!

Mme Favié. — Ah! c'est affreux! Mais pourtant oui, je le crois... Tu me trouves cruelle, arriérée ; je sens bien... Mais que veux-tu, cette affection qui te sauve... ou qui te perd ?... Avec terreur, depuis deux ans, je la voyais grandir. Je me disais toujours : le divorce libérera Francine !... Et déjà cette idée d'un remariage m'était assez pénible... Qu'était-ce à côté de ce que vous voulez faire?... Mais réfléchis, toi, Josette, vous n'êtes pourtant pas des êtres abstraits, vivant dans l'absolu !... Quel avenir tu lui prépares à cette pauvre petite !... Tous, ne dépendons-nous pas de ce monde où nous sommes situées, où mille liens d'habitude nous retiennent, sous des lois quelquefois barbares, incompréhensibles, je l'avoue, mais supérieures éprouvées, par le temps, des lois reconnues par l'intelligence des hommes, émanées de la sagesse de Dieu !... Tu as beau dire... tu restes mariée, mariée pour la vie, pour la mort. Ton lien n'est pas rompu !

Francine. — Tu ne comprends pas que nous nous appartenions à nous-mêmes, avant de nous abdiquer pour autrui, sans raison ?

Mme Favié. — Non, je ne parviens pas à le comprendre... Je me refuse à le concevoir... Nous nous devons à cette société dont nous faisons partie, et plus nous sommes des privilégiés par le luxe, le nom, le rang, plus nous devons l'exemple. Il est odieux, navrant que la conception de l'honneur soit aussi arbitraire. Mais, telle qu'elle est, je la respecte pour la beauté morale qu'elle contient. Il y a dans le sacrifice une vertu qui ne peut pas tromper!

Francine. — Il y a des sacrifices qui ne sont que de l'énergie, du bonheur perdus. La beauté que tu proclames est une beauté d'esclaves.

Mme Favié (vivement). — Je n'aurais donc été qu'une esclave ?... Non, je ne me suis pas trompée, je n'ai pas pu me tromper à la douloureuse joie que j'éprouvais jadis ! Ah!... Francine !... Ton cœur, ton pauvre cœur souffrant t'emporte. Tu ne vois pas l'abîme !... Mais le cœur, ma pauvre enfant... rien n'est si dangereux que lui. Il faut nous défier de son appel, de sa voix insatiable. Il est la cause de toutes les folies, de toutes les catastrophes! Que de ruines il a semées !...

Que de familles détruites! Si on l'écoutait... Ah! si on l'écoutait !...

Francine. — Eh bien ?

Mme Favié (avec exaltation). — Mais plus rien n'existerait. Tout craquerait, tout...

Francine. — Comme tu dis cela !

Mme Favié. — Oui, tout, même les lois les plus saintes! parce qu'il n'écoute que lui, ne pense qu'à lui !... parce qu'il est le désordre, l'anarchie, Francine, et le péché.

Francine. — Moi aussi, j'ai cru cela!

Mme Favié. — Tu vois ! Tu vois bien... Il y a des lois supérieures ! Il y a une loi !... Oh ! le joug est dur, je sais bien. Mais il ne se peut pas que Dieu qui nous l'a imposé se soit trompé, que tant de sages et de saints qui nous l'ont mis à l'épaule se soient trompés, que nous nous trompions nous-mêmes, en acceptant sa blessure !... Non cela ne se peut pas! Il faut se dire que sans ce frein-là les plus purs se corrompraient, que les meilleurs, livrés à eux-mêmes, s'égareraient... il faut se dire que la loi nous a été donnée pour notre bien...

Francine. — Pour notre bien !... Pourquoi pas notre bonheur ? Mère ! le crois-tu ?... le crois-tu, je te le demande... ou le dis-tu parce que tu crois devoir le dire ? (Silence de Mme Favié). Mère, je t'écoute, et je ne t'entends plus !... Moi aussi, comme toi, j'ai cru cela. Maintenant je vois clair. J'étais dupe. Non, je ne puis plus le croire, que toutes ces cruautés soient bonnes ! Je ne puis le croire que quand la loi dit : « Souffre ! » Cela signifie : « C'est pour ton bien, ou pour celui de tous ! » Je ne puis le croire, que quand les usages, les lois sans merci répètent à tous les humbles, aux femmes, aux enfants, aux misérables, l'éternel refrain : Souffre, souffre, souffre ! cette loi-là soit sainte, soit humaine, soit juste !... Souffre ! voilà le résumé, le commandement unique... Souffre pour les autres, souffre !... Pourquoi ?... Au nom de quoi ?... Je ne dis pas que la loi n'a pas pu être nécessaire ! Je dis seulement qu'il n'y a rien d'immuable, ni le cœur ni les lois ! Et entre les unes qui ordonnent la souffrance stérile, qui ne sont qu'écrasement et mort, et l'autre qui me conseille de vivre, puisque j'en suis là ! puisqu'il me faut choisir... je suivrai mon cœur !... Mais ta loi, ta loi sainte, est-ce qu'elle n'a pas toujours été du côté des puissants contre les faibles, des hommes contre les femmes, des grands contre les petits ? Est-ce que quand il y avait des esclaves, ce n'était pas la loi?... Est-ce que quand le mari pouvait couper le cou à sa femme, ce n'était pas la loi? Est-ce que quand le père pouvait tuer son fils, ce n'était pas la loi ?... La loi, la loi à double face, mais c'est d'elle que vient la moitié de la souffrance humaine !

Mme Favié. — Tu m'épouvantes, tu me troubles...

Francine. — Et qui l'a amoindrie, cette souffrance, qui les améliore, ces lois, si ce n'est le pauvre cœur martyrisé, honteux, sublime, ce cœur qui avec toutes ses obscurités y voit le plus clair, ce cœur qui a délié les chaînes, affranchi les âmes, relevé les misérables ! Ce cœur qui n'a l'air qu'égoïsme et dont le vrai nom est désir de bonheur, ce cœur qui quand la loi dit souffre, répond : Sois heureux !

Mᵐᵉ Favié. — Ma pauvre enfant, ce n'est pas dans la poursuite du bonheur, qu'est le bonheur !... Je souhaite ardemment que tu ne t'en convainques pas trop vite.

Francine. — Je ne cherche pas un bonheur méprisable. Ce que je veux, c'est élever dignement ma fille, selon ma religion à moi, dans le culte du bien, du juste ; c'est aimer librement, être aimée... car enfin, j'ai le droit de vivre !

Mᵐᵉ Favié. — Ah ! la liberté !

Francine. — Oui, la liberté, la part de liberté à laquelle toute créature a droit ! Tu parlais d'exemple, j'en aurai donné un.

Mᵐᵉ Favié. — Il sera mal jugé.

Francine. — Qu'est-ce que l'opinion, sinon celle de quelques personnes qui nous aiment et que nous estimons ?

Mᵐᵉ Favié. — Que tu veuilles ou non, tu avilis le mariage, union sainte et sacrée.

Francine. — L'union où l'on me condamne vaut mieux qu'un mariage comme le mien.

Mᵐᵉ Favié. — Mais c'est l'union libre ! Mais tu blasphèmes !...

Francine. — Les mots ne changent rien aux faits. Qu'a-t-il donc de plus pour lui, le mariage ? Ce n'est ni l'affection, ni le dévouement, ni le respect de soi, ni le sacrifice envers les enfants ! Tout cela existe aussi bien dans une union sans contrat. Ce qui l'avantage, c'est la prime de considération qu'il donne à quiconque, même indigne, entre ou reste dans ses liens... C'est la sanction de l'Eglise, la plus intéressée de tous à son maintien indissoluble, puisque, par lui, elle tient la femme, l'éducation des petits... elle tient les hommes !... c'est l'enregistrement des fortunes, au compte du mari, bien entendu, car lorsqu'il n'y a pas de stipulation préventive, on sait ce qu'il faut entendre par la communauté de biens !... C'est la légitimation des enfants, au point de vue des intérêts... L'intérêt, la garantie des intérêts ! Qui l'argent ! Voilà le son le plus clair qu'il rend, ce beau mot de mariage, quand on le heurte !

Mᵐᵉ Favié. — Qu'y faire ?

Francine. — En échange, la femme asservie, livrée sans défense aux pires cupidités, à la plus dure tyrannie !... (*Mme Favié hoche la tête avec douleur.*) Rien à elle, ni sa fortune, ni ses enfants, pas même la propriété de sa chair ! Et quand, abreuvée d'outrages, lasse de servir au bon comme au mauvais plaisir, elle veut s'en aller en prenant sa fille par la main, quand son pauvre cœur éclate, la loi vient lui dire : « Halte-la ! Mariée vous êtes, mariée vous resterez ! » Ah non ! ce mariage carcan, je le réprouve, je l'exècre. Mille fois plutôt l'autre union, celle où la femme sera quittée peut-être, mais où, du moins, elle sera libre, livrée à elle-même, à sa faiblesse et à sa force !

Mᵐᵉ Favié (*d'une voix brisée*). — Ce que tu dis me torture ! Et pourtant je sens bien qu'il y a là-dedans des choses vraies... trop vraies... Mais, Francine, peux-tu empêcher que la société existe ? Peux-tu l'abolir d'un mot ?... Quand on a ces idées-là, on ne se marie pas...

Francine. — On ne se marie pas !... Mais savons-nous, fiancées, ce qu'est le mariage, ce qu'est l'existence ?... Me l'as-tu appris ?... Qui a daigné m'expliquer la loi ? Quand le notaire m'a tendu la plume, le soir du contrat, m'a-t-il enseigné les droits de cet homme, et la nullité des miens ? Ai-je fait autre chose que de passer de l'autorité de mon père à celle de mon mari ? Les jeunes filles se doutent-elles que c'est leur servage qu'elles signent, sur les grands livres de la mairie et de l'église ? Mais non, elles ignorent tout de la vie, des mœurs. On a capté leur signature. Une fois malheureuses, elles peuvent, elles doivent la désavouer. Si on nous mariait mieux, nous divorcerions moins... Et nous sommes des milliers comme cela...!

Mᵐᵉ Favié (*vaincue*). — Ah ! Tais-toi... Si tu savais comme tu me fais mal...

Francine. — Pauvre mère...

Mᵐᵉ Favié. — Ah ! Francine, quel déchirement ! Mais non, non ! Tu as beau dire ? Je sens en moi quelque chose qui proteste. Ma pensée t'accompagne, elle ne te suit pas. Je ne peux pas te donner tout à fait raison !... Que veux-tu. On nous a élevées ainsi, nous les mères... Vous élèverez vos filles autrement... Changerez-vous la face des choses ? Oui, peu à peu... Je le souhaite, du fond du cœur. Faites mieux que nous, mes pauvres enfants !... Tu as l'avenir, toi ! Josette sera ta revanche. Puissiez-vous être heureuses !... Allons ! c'est fini. Tu n'as plus le choix... Tu pars... Et moi je vais rester seule... si seule maintenant...

Francine. — Accompagne-nous.

Mᵐᵉ Favié. — Tout me retient ici... Tant que j'ai pu, je t'ai secondé... A présent, tu n'as plus besoin de moi... Non, je ne dois pas me placer entre celui que tu as choisi et toi... Et je veux être là, pour vous défendre ! (*L'émotion les gagne. Elle se raidit.*) Allons ! du courage ! Sonne, il est temps... Comme l'heure passe ! Je comprends maintenant tout ce qu'elle emporte avec elle !...

———

## SCÈNE X

Les mêmes, Nanon, Josette.

Nanon. — Les malles sont en bas. (*Elle prend des sacs sur un meuble.*)

Josette (*joyeusement*). — En route !

Mᵐᵉ Favié (*l'embrasse*). — Au revoir, mignonne.

Josette. — Comment, tu ne viens pas avec nous.

Francine. — Pas même à la gare ?

Mᵐᵉ Favié. — Non.

Josette. — Ah ! je croyais... Mais tu viendras, après...

Mᵐᵉ Favié. — Plus tard.

Josette. — Au revoir, grand.

Mᵐᵉ Favié. — Je veux être forte !... Et je serais lâche. (*Elle tend les bras à Francine. Longue étreinte.*) Chère, chère fille... Adieu !

Francine. — Au revoir !

*Elle s'éloigne avec Josette.*

Mᵐᵉ Favié. — Ah ! dire qu'hier encore !..

Francine (*montrant Josette*). — Pense à demain !